JN221117

目覚めると空が見えた。
雲がゆっくりと流れ、
どこからか鳥のさえずりが聞こえてくる。
周りを見渡すと、山々や草原が広がり、
どこか田舎の風景といった感じだった。
ここが異世界か。
異世界はスマートフォンとともに。1

もちづきとうや
望月冬夜
異世界へとやってきた少年。基本的に人が善く礼儀正しい。が、大切な人に危害が及びそうになると一切を躊躇わない面も。
スゥシィ・エルネア・オルトリンデ
オルトリンデ公爵家の一人娘。リザードマンに襲われているところを冬夜に助けられた。
ユミナ・エルネア・ベルファスト
ベルファスト王国の王女。物腰も丁寧で、いかにもお姫様然としているが、行動は大胆。

リンゼ・
シルエスカ
町にて、姉妹で騙されかけていたところを冬夜に助けられた。引っ込み思案だが、時たま芯の強さを見せる。双子の妹の方。
ここのえやえ
九重八重
東方の国イーシェンから武者修行の為に放浪してきたサムライ娘。真面目で修業にも一生懸命。そして大食らい。
エルゼ・
シルエスカ
両手にガントレットを装備して戦う冒険者。言葉より行動、口より先に手が出るタイプ。双子の姉の方。

「魔法が吸収された!?」
アーモンド形の本体、
そこから伸びた細長い六本足。
太陽の下で水晶のような体が光り輝く。
半透明のその生物は、
結晶生命体とでもいうのだろうか。

異世界はスマートフォンとともに。 1

冬原パトラ illustration■兎塚エイジ

口絵・本文イラスト　兎塚エイジ

プロローグ

「というわけで、お前さんは死んでしまった。本当に申し訳ない」

「はあ」

深々と頭を下げるご老人。その背後に広がるは輝く雲海。どこまでも雲の絨毯が広がり、果てが見えない。でも、自分たちが座っているのは畳の上。質素な四畳半の部屋が（部屋と言っても壁も天井もないが）雲の上に浮いている。ちゃぶ台に茶箪笥、レトロ調なテレビに黒電話。古めかしいが味のある家具類が並ぶ。

そして目の前にいるのは神様。少なくとも本人はそう言ってる。神様が言うには、間違って僕を死なせてしまったらしいが、死んだという実感がいまいち自分には無い。

確か下校中、突然降り出した雨に僕は家路を急いでいた。近くの公園を横切って近道をしようとした瞬間、襲ってきたのはまぶしい光と轟音。

「ちょっとした手違いで神雷を下界に落としてしまった。本当に申し訳ない。まさか落ちた先に人がいるとは……さらに予定外じゃった。重ね重ね申し訳ないことをした」

「雷が直撃して僕は死んだわけですか……。なるほど。するとここは天国？」

「いや、天国よりさらに上、神様たちのいる世界……そうじゃな、神界とでも言うかな。人間が来ることは本当はできん。君は特別にワシが呼んだんじゃよ、えーっと……も、もちづき……」

「とうや。望月冬夜です」

「そうそう望月冬夜君」

神様はそう言いながら傍のヤカンから急須にお湯を注ぎ、湯呑みにお茶をいれてくれた。あ、茶柱立ってる。

「しかし、君は少し落ち着き過ぎやせんかね？　自分が死んだんじゃ、もっとこう慌てたり、ワシを怒鳴り散らしたりするもんだと思っていたが」

「あまり現実感が無いからですかね？　どこか夢の中のような感じですし。起こってしまったことをどうこう言っても仕方ないですよ」

「達観しとるのう」

さすがに十五で死ぬとは思っていなかったが。ズズズ……とお茶を飲む。美味い。

「で、これから僕はどうなるんでしょうか？　天国か地獄、どちらかに？」

「いやいや、君はワシの落ち度で死んでしまったのじゃから、すぐ生き返らせることができる。ただのう……」

言いよどむ神様。なんだろう、何か問題があるんだろうか。

「君の元いた世界に生き返らせるわけにはいかんのじゃよ。すまんがそういうルールでな。こちらの都合で本当に申し訳ない。で、じゃ」

「はい」

「お前さんには別の世界で蘇ってもらいたい。そこで第二の人生をスタート、というわけじゃ。納得できない気持ちもわかる、だが」

「いいですよ」

「……いいのか？」

言葉を遮って僕が即答すると、神様がポカンとした顔でこちらを見ている。

「そちらの事情は分かりましたし、無理強いをする気もありません。生き返るだけでありがたいですし。それでけっこうです」

「……本当にお前さんは人格ができとるのう。あの世界で生きていれば大人物になれたろうに……本当に申し訳ない」

しょんぼりとする神様。僕はいわゆるおじいちゃん子だったので、なんだかいたたまれない気持ちになる。そんなに気にしないでいいのに。それに僕は信心深いわけでもないが、神様に「よくも僕を殺したな！　責任とれ！」などと噛み付くほど馬鹿じゃないし。

　確かに家族や親しい友達ともう会えないのかと思うと残念でならない。だけどここで神様を責めてもなんにもならないしな。じいちゃんが言ってた。人の過ちを許せる人間になれって。人じゃなくて神様だが。

「罪ほろぼしにせめて何かさせてくれんか。ある程度のことなら叶えてやれるぞ？」

「うーん、そう言われましても……」

　一番は元の世界での復活だが、それは無理。で、あるならば、これから行く世界で役立つものがいいのだろうが……。

「これから僕が行く世界って、どんなところですか？」

「君が元いた世界と比べると、まだまだ発展途上の世界じゃな。ほれ、君の世界でいうところの中世時代、半分くらいはあれに近い。まあ、全部が全部あのレベルではないが」

　うーん、だいぶ生活レベルは下がるらしいなあ。そんなとこでやっていけるか不安だ。何の知識もない自分がそんな世界に飛び込んで大丈夫だろうか。あ。

「あの、ひとつお願いが」

「お、なんじゃなんじゃ。なんでも叶えてやるぞ？」

「これ、向こうの世界でも使えるようにできませんかね？」

そう言って僕が制服の内ポケットから出したもの。小さな金属の板のような万能携帯電話。いわゆるスマートフォン。

「これをか？　まあ可能じゃが……。いくつか制限されるぞ。それでもいいなら……」

「例えば？」

「君からの直接干渉はほぼできん。元いた世界への通話やメール、サイトへの書き込み等じゃな。見るだけ読むだけなら問題ない。そうじゃな……ワシに電話くらいはできるようにしとこう」

「充分ですよ」

元いた世界の情報が引き出せれば、それはかなりの武器になる。何をするにしても役立つには違いない。

「バッテリーは君の魔力で充電できるようにしとこうかの。これで電池切れは心配あるまい」

「魔力？　向こうの世界にはそんな力があるんですか？　じゃあ魔法とかも？」

「あるよ。なに、君ならすぐに使えるようになる」

魔法が使えるようになるのか。それは面白そうだ。異世界へ行く楽しみができた。

「さて、そろそろ蘇ってもらうとするか」

「いろいろお世話になりました」

「いや、元はといえば悪いのはこっちじゃから。おっと最後にひとつ」

神様が軽く手をかざすと暖かな光が僕の周りを包む。

「蘇ってまたすぐ死んでしまっては意味ないからのう。基礎能力、身体能力、その他諸々底上げしとこう。これでよほどのことがなければ死ぬことはない。間抜けな神様が雷でも落とさん限りはな」

そう言って神様は自虐的に笑った。つられて僕も笑う。

「一度送り出してしまうと、もうワシは神として下界に干渉はあまりできんのでな。最後のプレゼントじゃ」

「ありがとうございます」

「手出しはできんが、相談に乗るぐらいはできる。困ったらいつでもそれで連絡しなさい」

神様は僕の手の中にあるスマホを指差しそう言った。気安く神様に電話ってのもなかなかできないと思うけど、本当に困ったら力を借りるとしよう。

「では、またな」

神様が微笑んだ次の瞬間、僕の意識はフッと途絶えた。

第一章　異世界に立つ

目覚めると空が見えた。

雲がゆっくりと流れ、どこからか鳥のさえずりが聞こえてくる。

起き上がる。痛みはない。立ち上がり周りを見渡すと、山々や草原が広がり、どこか田舎の風景といった感じだった。

ここが異世界か。

大きな木が遠くに見える。その近くに見えるのは道だろうか。

「とりあえず道なりに進めば人に会えるかな？」

そう判断し、目の前の大きな木を目指して歩き出す。やがて道が見えてきた。これは確かに道だ。

「さて、どっちに向かうか、だけど……」

大きな木の根元で右手に行くか左手に行くか悩む。ううむ、右手に行けば一時間で、左手に行けば八時間で町に着く、とかだと困る……と思案していると、突然内ポケットのスマホが鳴った。

　取り出して見ると、「着信　神様」の文字。

「もしもし？」

『おお、繋(つな)がった、繋がった。無事着いたようじゃな』

　スピーカー部を耳に当てると神様の声が聞こえてきた。さっき別れたばかりなのに、なんか懐(なつ)かしさを感じる。

『言い忘れとったが君のスマホな、マップとか方位とかもそっちの世界仕様に変えてある。活用してくれ』

「そうなんですか？　いやまあ助かりましたけど。ちょうど道に迷っていたもので」

『やっぱりか。君を送る場所を町中にしてもよかったんじゃが、騒(さわ)ぎになると面倒(めんどう)かと思ってな。人目のないところにしたんじゃが、それはそれでどこに行けばいいか途方(とほう)に暮れるわな』

「ええ、まあ」

　苦笑(くしょう)しながら答える。確かに僕には行く当てがない。故郷も知り合いもないのだから。

『マップで確認(かくにん)しながら進めば問題なく町に着くじゃろう。では頑張(がんば)ってな』

「はい。では」

電話を切るとスマホの画面を操作し、マップのアプリを起動する。自分を中心にして地図が表示された。傍らに道がのびている。これが足下のこの道だろう。縮尺を変えていくと道の先、西の方に町がある。えっと……リフレット？　リフレットの町か。

「よし、じゃあ向かうとしますか」

僕はコンパスアプリで方位を確かめ西へ歩き始めた。

しばらく歩くとけっこうまずい状況じゃないかと思い始めた。

まず、食糧がない。水もない。町に着いたとして、それから？　お金がない。財布はあるが、こちらの通貨がはたして使えるか？　普通に考えて使えないだろう。さてどうしたものか……。

と、ぼんやり考えながら歩いていると、なにやら後ろから音がしてきた。振り返ると遠くからこちらに向かってくる何かが見える。あれは……馬車か。馬車なんて初めて見た。おそらく誰かが乗ってはいるのだろうが……。

異世界に来てのファーストコンタクトだが、どうしたものか。馬車を止める？　乗せてください。それもアリかもしれないが、やめることにした。何故か。

馬車が近づくにつれ、その馬車がすごく高級なモノだとわかったからだ。きらびやかな細工と重厚な作り。間違いなくあれは貴族とか金持ちの乗るモノだ。

そんな人を止めて「無礼者！　手打ちにしてくれる！」とでもなったらたまらない。後ろから近づく馬車に道を譲り、端の方へ身を寄せた。

目の前をガラガラと土煙を上げながら馬車が通過していく。面倒なことにならずにすんだと、また道に戻り、歩き始めようとして馬車が停車していることに気がついた。

「君！　そこの君！」

バタンと馬車の扉を開けて出て来たのは白髪と立派な髭をたくわえた紳士だった。洒落たスカーフとマントを着込み、胸には薔薇のブローチが輝いている。

「なんでしょう……？」

興奮した様子でこちらに向かってくる紳士を見ながら、心の片隅で「あ、言葉が通じる」と僕は安堵していた。

ガシッと肩を掴まれ、ジロジロと舐め回すように身体を見つめられる。え、なにこれ。

ヤバイ状況でしょうか。

「こっ、この服はどこで手に入れたのかね⁉」

「は？」

一瞬、なにを言っているのかわからず、ポカンとしてしまったが、そんな僕をお構い無しに、髭の紳士は後ろに回り、横に回り、矯めつ眇めつ僕の着る学校の制服を眺めている。

「見たことのないデザインだ。そしてこの縫製……一体どうやって……。うむ……」

なんとなくわかってきた。要するにこの制服が珍しいのだ。おそらくこの世界にはこのような服はないのだろう。で、あるならば。

「……よろしければお譲りしましょうか？」

「本当かね!?」

僕の提案に髭の紳士が勢い良く食い付く。

「この服は旅の商人から売ってもらったものですが、よろしければお譲りいたしますよ。ただ、着る物を全部売ってしまうと困るので、次の町で別の服を用意していただけるとありがたいのですが……」

まさか異世界の服ですとは言えないので、思い付いた言い訳を並べ立てる。この服が売れて多少のお金になれば助かる。目立たなくもなるし、一石二鳥かもしれない。

「よかろう！　馬車に乗りたまえ。次の町まで乗せてあげよう。そしてそこで君の新しい服を用意させるから、その後でその服を売ってくれればいい」

「では取り引き成立ということで」

髭の紳士と僕は固い握手を交わす。そのまま馬車に乗せてもらい、次の町リフレットまで三時間ほど揺られた。その間髭の紳士（ザナックさんと言うらしい）は、僕の脱いだ制服の上着を受け取り、手触りや縫い目などを興味深く確認していた。

ザナックさんは服飾関係の仕事をしているそうで、今日もその会合に出た帰りだそうだ。なるほど、服飾に携わっているのならあの反応も頷ける。

僕はといえば、馬車の窓から流れる風景を楽しんでいた。見たことのない世界。これからはここが僕の世界なのだ。

ザナックさんと出会ってから三時間。揺られ揺られて、馬車はやがてリフレットの町に着いた。

町の門番らしき兵士に挨拶と軽い質問をされ、早々に入ることを許される。兵士たちの態度からザナックさんはけっこう有名らしい。

ガタゴトと馬車が町中を進んで行く。古めかしい石畳の上を進むたび、ボックス型の車体が小刻みに揺れた。やがて商店が並び、賑わう大通りに入ると一軒の店の前で馬車は止まった。

「さあ、降りてくれ。ここで君の服を揃えよう」

ザナックさんに言われるがままに、僕は馬車を降りる。店には糸と針のロゴマークの看板があったが、その下の文字を見て、ちょっとまずいことに気が付いた。

「読めない……」

看板の文字が読めない。これはかなりまずくないだろうか。話はできるが文字が読めないとは……。まあ、会話はできるのだから誰かに教えてもらうことは可能だろうが……。勉強しないとな。

ザナックさんに連れられ店内に入ると数人の店員たちが僕らを迎える。

「お帰りなさいませ、オーナー」

店員たちの言葉に僕はちょっと驚く。

「オーナー?」

「ここは私の店なんだよ。それよりさあ、服を着替えたまえ。おい、誰か彼に似合う服を見繕ってくれ!」

ザナックさんは急かすように僕を試着室（カーテンで仕切られた部屋ではなく本当の小部屋）へと押し込んだ。そして、何着かの服を持ってくる。着替えるため、ブレザーの上着を脱いでネクタイを外し、ワイシャツを脱ぐ。その下には黒のTシャツを着ていたのだが、それを見てザナックさんの目の色がまた変わった。

「!? き、君、その下の服も売ってくれんかね！」

追い剥ぎか。

結局、ザナックさんには身ぐるみ全部売る羽目になってしまった。靴下から靴まで全てだ。トランクスまで売ってくれと言われた時は正直げんなりした。気持ちはわからないでもないけど、僕の気持ちもわかって欲しい……。

代わりに用意してもらった服や靴は、動きやすく丈夫そうで、自分的には文句はなかった。黒のズボンに白のシャツ、そして黒いジャケットと、派手でもなくシックな感じでなかなかである。これなら目立つこともないだろう。

「それでいくらで君の服を売ってもらえるかね。むろん、金に糸目はつけんが、希望額はあるかい？」

「と言われましても……。相場がわからないのでなんとも言えません。そりゃ高い方がいいですが……実は僕、一文無しなんですよ」

「そうかね……そりゃあ気の毒に……。よし、じゃあ金貨十枚ということでどうだろう」

　金貨十枚がどれだけの価値なのかさっぱりわからない僕としては頷くしかない。

「では、それで」

「そうかね！　ではこれを」

　ジャラッと金貨十枚を渡される。大きさは五百円玉ぐらいでなにかライオンのようなレリーフが彫ってあった。これが自分の全財産なわけだ。大切に使うとしよう。

「ところでこの町に宿屋のようなところはありませんかね。陽が暮れる前に寝場所を確保しておきたいのですが」

「宿屋なら前の道を右手に真っ直ぐ行けば一軒あるよ。『銀月』って看板が出てるからすぐわかる」

　看板があっても読めないいんですけどね……。まあ人に聞いて進めばわかるだろう。言葉は通じるんだから。

「わかりました。ではこれで」

「ああ。また珍しい服を手に入れたら持ってきてくれたまえ」

　ザナックさんに別れの挨拶をして、外に出る。陽はまだ高い。内ポケットからスマホを取り出し、電源を入れると午後二時前だった。

「馬車の中でも思ったけど……これって時間合ってるのかな……？」

まあ、太陽の位置からしてそんなに大きくズレてはいないと思うが。

ふと、思い立ってマップアプリを起動する。すると町中の地図が表示され、現在地や店などの名前まで表示されていた。これなら迷うことはない。宿屋「銀月」もちゃんと表示されている。それにしても……。

ザナックさんの店を振り返る。

「この看板……『ファッションキングザナック』って書いてあったのか……」

ちょっとザナックさんのネーミングセンスを残念に感じながら、僕は宿屋へと歩き始めた。

◇　◇　◇

しばらく歩くと宿屋「銀月」の看板が見えてきた。三日月のロゴマークが見える。わかりやすい。見た目は三階建ての建物だ。煉瓦(れんが)と木でできた、けっこうがっしりとした造りに見える。

両開きの扉をくぐると、一階は酒場というか食堂らしき感じになっていて右手にカウンター、左手に階段が見えた。

「いらっしゃーい。食事ですか。それともお泊まりで？」

カウンターにいたお姉さんが声をかけてくる。赤毛のポニーテールがよく似合う、溌剌とした感じの人だ。年齢は二十歳前後というところか。

「えっと、宿泊をお願いしたいんですが、一泊いくらになりますか？」

「ウチは朝昼晩食事付きで銅貨二枚だよ。あ、前払いでね」

銅貨二枚……高いのか安いのか判断できない。まあ、金貨よりは安いと思うが、銅貨何枚で金貨一枚なのか見当もつかないからなあ。

とりあえず財布から金貨一枚を出してカウンターに置く。

「これで何泊できますかね？」

「何泊って……五十泊でしょ？」

「五十!?」

計算できないの？　というお姉さんの目が痛い。えっと金貨一枚＝銅貨百枚ということか。金貨十枚あるから五百日、一年半近くなにもしないで暮らせるのか。ひょっとしてけっこうな大金なんじゃないだろうか。

「で、どうするの？」

「えーっと、じゃあひと月分お願いします」

「はいよー。ひと月ね。最近お客さんが少なかったから助かるわ。ありがとうございます。ちょっと今、銀貨切らしてるから銅貨でお釣りね」

金貨一枚を受け取ると、お姉さんはお釣りに銅貨で四十枚返してきた。銅貨六十枚引かれたってことは、なるほど、ひと月はこっちでも三十日か。あまり変わらないな。

お姉さんはカウンターの奥から宿帳らしきものを取り出して、僕の前に開き、インクのついた羽ペンを差し出してきた。

「じゃあここにサインをお願いしますね」

「あー……すいません。僕、字が書けないんで、代筆お願いできますか？」

「そうなの？　わかったわ。で、お名前は？」

「望月です。望月冬夜」

「モチヅキ？　珍しい名前ね」

「いや、名前が冬夜。望月は苗字……家の名前です」

「ああ、名前と家名が逆なのね。イーシェンの生まれ？」

「あー……まあ、そんなとこです」

イーシェンとやらがどこかわからないが、面倒なのでそういうことにしておく。後でマップ確認しておこう。

「じゃあこれが部屋の鍵ね。無くさないように。場所は三階の一番奥。陽当たりが一番いい部屋よ。トイレと浴場は一階、食事はここでね。あ、どうする？　お昼食べる？」

「あ、お願いします。朝からなにも食べてないもんで……」

「じゃあなにか軽いものを作るから待ってて。今のうちに部屋を確認してひと休みしてきたらいいわ」

「わかりました」

鍵を受け取ると階段を上り、三階の一番奥の部屋の扉を開ける。六畳くらいの部屋で、ベッドと机、椅子とクローゼットが置いてあった。正面の窓を開けると、宿の前の通りが見える。なかなかいい眺めだ。子供たちがはしゃぎながら道を駆けていく。

気を良くして部屋に鍵を掛け、階段を下りるといい匂いがしてきた。

「はいよー。お待たせ」

食堂の席に着くと、サンドイッチらしき物とスープ、そしてサラダが運ばれてきた。パンが少し固かったけど、初めて食べる異世界の味は充分満足できる味で、美味かった。完食。さて、これからどうするか。

　これからしばらくここに住むわけだし、町の様子を見てみたいな。

「散歩に行ってきます」

「はいよー。言ってらっしゃい」

　宿屋のお姉さん（ミカさんと言うらしい）に見送られて、町を散策に出る。

　なにせ異世界の町である。見る物全てが珍しく、興味を引く。キョロキョロと視線を彷徨わせ、不審に思った人たちの冷たい目にハッとして気持ちを正すも、またキョロキョロと不審者になってしまう。無限ループだ。いかんいかん。

　町を歩く人を見ていて気が付いたのだが、武器を携帯している人が多い。剣や斧、ナイフから鞭まで様々だ。物騒ではあるが、これがこの世界の常識なのかもしれない。僕もなにか武器を買った方がいいのだろうか。

「まずはなんとか稼ぐ方法を見つけないとなあ。この世界で生きていく以上、お金は必要だし」

　まさかこんなに早く就活する羽目になるとは思わなかったな。それでもなにか得意なことがあれば良かったんだが……。学校の授業で一番得意な科目は歴史だしな……。別世界の歴史に詳しくったってなんの役にも立ちゃしない。

あとは少し楽器が弾けるくらいか。この世界にピアノとかがあればいいんだが。まあ、そんなに上手くはないけどさ。

「ん？」

なんだろう。騒がしい。大通りの外れ、裏路地の方だ。なにか言い争うような声が途切れ途切れに聞こえてくる。

「……行ってみるか」

そうして僕は裏路地へと足を踏み入れた。

裏路地に入り、狭く細い道を進んでいくと、突き当たりで四人の男女が言い争っていた。

片や男が二人、片や少女が二人。男はどちらもガラが悪そうで、少女の方はどちらも可愛い。

二人とも歳の頃は僕と同じか、年下かな。にしてもあの二人の女の子、よく似ているな……というかそっくりだ。双子だろうか。目つきと、ショートカットとロングという髪型の違いはあるけれど、髪の色はどっちも同じ銀髪だし。

上半身は黒を基調にした上着と白いブラウスという姿で二人ともほぼ共通であったが、下半身はロングの子はキュロットに黒いニーソックス、ショートの子はフレアスカートに黒のタイツという差があった。活発さと清楚さ、その性質の違いがよくわかる。

「約束が違うわ！　代金は金貨一枚だったはずよ！」

ロングの子が男たちに向かって声を荒げた。それに対して男たちはニヤニヤと馬鹿にした薄笑いを浮かべている。男の一人はキラキラと光るガラスでできた鹿の角のようなものを持っていた。

「なにを言ってやがる。確かにこの水晶鹿の角を金貨一枚で買うと言ったさ。ただし、それは傷物でなければ、だ。見ろよ、ここに傷があるだろう？　だからこの金額なのさ。ホラよ、銀貨一枚受け取りな」

チャリンと一枚の銀貨が少女たちの足下に転がる。

「そんな小さな傷、傷物のうちに入らないわよ！　あんたたち初めからっ……！」

ロングの子が悔しそうな目で男たちを睨む。その後ろに隠れているショートの子も悔しそうに唇を噛んでいた。

「……もういい。お金はいらない。その角を返してもらう」

じりっとロングの子が前に出る。握りしめた両の拳には、不釣り合いな大きなガントレットが装備されていた。

「おっと、そうはいかねえ。もうこれはこっちのもんだ。お前らに渡すつもりは――」

「お取り込み中すいません。ちょっといいですか？」

突然声をかけた僕に、全員の視線が集まる。少女たちはキョトンとしていたが、男たちはすぐさま険悪な目をこちらに向けてきた。

「あ？　なんだテメエは？　俺たちになんか用か？」

「あ、いえ、用があるのはそちらの彼女で」

「え？　あたし？」

脅すように睨みつけてきた男を無視し、その後ろのロングの子に声をかける。

「あなたの角を金貨一枚で僕に売ってもらえないかと」

しばらくポカンと話を聞いていた彼女だったが、やがて理解できたようで僕の提案に、笑顔で返事をしてくれた。

「売るわ！」

「テメエら、なに勝手なこと言ってやがる！　これはもう俺たちのもん――」

男が水晶の角を頭上に持ち上げた瞬間、大きな音をたててそれは粉々に砕け散った。僕が投げた石が見事命中したのだ。

「なッ……!?　なにしやがる！」

「それはもう僕のものだから、僕がどうしようと僕の勝手です。あ、お金はちゃんと払うんで」

「野郎！」

男の一人が懐からナイフを抜いて僕に襲いかかってくる。僕はそれを見ながら、確実に身を躱す。避けることができると何故か初めから確信していた。見えるのだ。相手の動きや、ナイフの軌道が。

これが神様がくれた身体能力強化の効果だろうか。身体を屈め、男の足を払う。仰向けに倒れた男のボディにすかさず拳を打ち込む。

「ぐふッ……！」

男はそのまま気を失った。じいちゃんに習った技が役に立ったな。

振り返るともう一人の男とロングの少女が戦っていた。男は手斧を振り回していたが、ロングの少女のガントレットに阻まれ決定打に欠けていた。やがて稲妻のように踏み込んだ彼女の右ストレートが男の顔面に炸裂。白目を向いてばったりと男が倒れる。お見事。

こんなにあっさりと勝負が決まるのなら、水晶の角を砕く必要はなかったかもしれない……。ちょっと後悔。

まあ、仕方がない。揉め事の原因を無くしてしまえばと思ったのだが、どうやら浅知恵だったようだ。僕は財布から金貨を一枚取り出し、ロングの少女に渡す。

「はい、金貨一枚」

「……いいの？　あたしたちは助かるけど……」

「粉々に砕いたのは間違いなく僕だしね。かまわないから受け取ってよ」

「じゃあ……遠慮なく」

そう言ってロングの子はガントレットの付いた手で金貨を受け取った。

「助けてくれてありがとう。あたしはエルゼ・シルエスカ。こっちは双子の妹、リンゼ・シルエスカよ」

「……ありがとうございました」

ぺこりと後ろにいたショートの子が頭を下げて小さく微笑む。

やっぱり双子だったか。ロングの子がエルゼ、ショートの子がリンゼ。うん、覚えた。髪型と服でしか判断できないけど。

「僕は望月冬夜。あ、冬夜が名前ね」

「へぇ。名前と家名が逆なんだ。イーシェンの人？」

「あー……まあ、そんなとこ」

宿屋のミカさんと同じ反応に、僕は同じように答える。あー、イーシェンってどんな国よ。気になるなあ、もう。


「そうかー。冬夜もこの町に来たばかりなんだ」

と、果汁水を飲みながらエルゼ。この町に、というよりこの世界に、の方が正しいのだが。

あれから僕たちは宿屋「銀月」に戻ってきた。彼女たちも宿屋を探していたというので、一緒に連れて来たのだ。新たにお客さんを連れてきたので、ミカさんはほくほくしていた。わかりやすい人だ。

そのまま三人で食事をしようということになった。いろいろ話をしながらミカさんの夕食を食べ終え、今は食後のお茶を飲んでいる。

「あたしたちもあいつらの依頼でここに水晶鹿の角を届けにきたんだけどね。酷い目にあったわ。なーんか胡散臭いなーとは思っていたんだけどさ」

「……だからやめようって私は反対したのに……。お姉ちゃん、言うこときいてくれないから……」

姉のエルゼを妹のリンゼが非難するように睨む。暴走気味な姉にしっかり者の妹、といったところか。エルゼの方は物怖じしないタイプ、リンゼの方はどこか人見知りするタイプに見える。

「二人はなんであいつらの依頼を受けたの？」

疑問に思っていたことを二人に聞いてみる。あんないかにも怪しい奴らと取り引きなんて、どうかと思う。

「ちょっとしたツテでね。あたしたち、前に水晶鹿を倒して角を手に入れてたんだけど、欲しいって話がきたからちょうどいいやって。でもダメだねー。やっぱりギルドとか、ちゃんとしたところから依頼を受けないとやっぱりトラブルに巻き込まれるのね」

溜息をつきながらエルゼが目を伏せる。

「この機会にギルドに登録しよっか、リンゼ」

「その方がいいと思う……。安全第一。明日にでも登録に行こうよ」

ギルド。確かゲームとかだと、ハローワークみたいに仕事を斡旋してくれるところだったか？　いろんな依頼があって、それをこなせばお金が貰えると。ふむ。

「良かったら明日、ついて行っていいかな。僕もギルドに登録したいんだ」

「いいよ。そんなら一緒に行こう」

「うん……。一緒に行こう」

二人とも快く承諾してくれた。ギルドとやらに登録して仕事を貰えればいくらか稼げる。この世界で生活していく基盤ができるかもしれない。

その日はそれで二人と別れ、自分の部屋に戻った。やっと一日が終わる。いろいろあったなあ。

異世界にやってきて、服を売って、宿屋に泊まり、女の子たちを助けて、喧嘩した。なんだこの一日。

とりあえずスマホに今日の出来事を日記代わりにメモっておこう。ついでに情報サイトを巡り、あっちの出来事をいろいろと読み漁っていく。お、巨人勝ってる。えー、あのバンド解散しちゃうのか……残念。

キリのいいところで電源を切り、ベッドに潜り込む。明日はギルドに行って登録だ。どんなところだろうな……。そんなことを考えていると、すぐに睡魔が襲ってきた。ぐう。

スマホに入っている目覚ましアプリの電子音で、のそのそと布団から這い出す。

顔を洗い、身仕度を整え、食堂に下りていくと、もうすでにエルゼとリンゼの二人は起きていて、食事を取っていた。同じく僕も席につくと、ミカさんが食事を運んできてくれた。朝食はパンにハムエッグ、野菜スープにトマトサラダ。朝から美味い。

食べ終わると早速三人連れ立ってギルドへと向かう。ギルドは町の中央近くにあり、そこそこの賑わいをみせていた。

ギルドの一階は飲食店になっていて、思ったよりも明るい雰囲気だった。イメージ的に荒くれ者の酒場、みたいなのを想像していたのだが、どうやら要らぬ心配だったらしい。

カウンターへ向かうと、受付のお姉さんがにこやかに微笑んでくれた。

「あの、ギルド登録をお願いしたいのですが」

「はい。かしこまりました。そちらの方も含め、三名様でございますか？」

「はい。三人です」

「三名様ともギルド登録は初めてでしょうか。でしたら簡単に登録の説明をさせていただきますが」

「お願いします」

基本的に依頼者の仕事を紹介してその仲介料を取る。それがギルドだ。

仕事はその難易度によってランク分けされているので、下級ランクの者が上級ランクの仕事を受けることはできない。しかし、同行者の半数が上位ランクに達していれば、下位ランクの者がいても、上位ランクの仕事を受けることができる。

依頼を完了すれば報酬がもらえるが、もしも依頼に失敗した場合、違約料が発生することがある。むう、仕事は慎重に選ぶことにしよう。

さらに数回依頼に失敗し、悪質だと判断された場合、ギルド登録を抹消というペナルティも課せられるんだそうだ。そうなると、もうどの町のどのギルドも再登録はしてくれないらしい。

他に、五年間依頼をひとつも受けないと登録失効になる、複数の依頼は受けられない、討伐依頼は依頼書指定の地域以外で狩っても無効、基本、ギルドは冒険者同士の個人的な争いには不介入、ただしギルドに不利益をもたらすと判断された場合は別……と、いろいろ説明された。

「以上で説明を終わらせていただきます。わからないことがあればその都度、係の者にお尋ねください」

「わかりました」

「ではこちらの用紙に必要事項をご記入下さい」

　受付のお姉さんが用紙を三枚、僕らに渡してくれたが、なんて書いてあるのか僕にはさっぱりわからん。読み書きができないことを伝え、リンゼに代筆を頼んだ。むう……やはり読み書きができないと不便だな。

　お姉さんは登録用紙を受け取ると真っ黒いカードをその上に翳し、なにやら呪文のような言葉を呟く。その後小さなピンを差し出し、それぞれ自分の血液をカードに染み込ませるように言われた。

　言われるがままにピンで指を刺し、その指でカードに触れると、じわっと白い文字が浮かんできた……が、やっぱりなにが書いてあるのかわからない……。

「このギルドカードはご本人以外が触れておりますと数十秒で灰色になる魔法が付与されております。偽造防止のためですね。また、紛失された場合は速やかにギルドへ申し出て下さい。お金はかかりますが、再発行させていただきます」

　僕のカードをお姉さんが手に取って、しばらくすると黒かったカードが灰色に変化した。再び僕が触れると一瞬で黒に戻る。すごい仕掛けだな。どうなってるんだろ？

「以上で登録は終了です。仕事依頼はあちらのボードに貼られていますので、そちらをご確認の上、依頼受付に申請して下さい」

三人で依頼が貼り出されているボードの前に立つ。僕らのギルドカードは黒、初心者を表している。ランクが上がればカードの色が変わっていくらしいが、今はまだ初心者の黒い依頼書しか受けられないということだ。

エルゼとリンゼは考え込みながら、一枚一枚読んで検討しているようだ。僕はと言えば……。

「マズイ……。本格的に読み書きをどうにかしないと……」

仕事内容がわからないのでは話にならない。夜は読み書きの勉強時間にしよう。

「ね、ね、これどうかな、リンゼ。報酬もそこそこだし、手始めにいいんじゃない？」

「……うん。悪くないと思う。冬夜さんはどうですか？」

「……すまない。なんて書いてあるのかさっぱりわからない」

はしゃぎながらボードの貼り紙を差していたエルゼの指が力なく曲がる。くっ。

「……えっと、東の森で魔獣の討伐。一角狼っていう魔獣を五匹。そんなに強くない……から私たちでもなんとかなる、と思います。あ、報酬は銅貨十八枚です」

読めない僕のために、リンゼがたどたどしく依頼書を読んでくれた。銅貨十八枚……三人で分けると一人六枚か。三日分の宿代だな。悪くない。

「じゃあそれにしようか」

「オッケー。じゃあ受付に申請してくる」

エルゼが依頼の貼り紙を引っぺがし、依頼受付に申請しに行った。一角狼か。その名の通り頭に角が生えた狼らしい。果たして自分に倒せるのか少し不安だ。

……あれ？

「しまった……。大事なこと忘れてた……」

「……どうしました？」

リンゼが呆然としている僕に不思議そうに尋ねる。

「僕……武器まだ持ってない」

忘れてた。


討伐依頼も武器無し、丸腰では話にならない。と、いうわけでギルドを出た僕たちは武器屋へと向かっていた。

通りを北へ歩いていくと、剣と盾という、相変わらずわかりやすいロゴマークの看板が見えてきた。そしてその下の店名は相変わらず僕には読めない。

入口の扉を開くと、カランカランと扉に取り付けられた小さな鐘が鳴る。その音に反応してか、店の奥からのっそりと大柄な髭の中年男が現れた。でかい。まるで熊のようだ。

「らっしゃい。なにをお探しで？」

どうやら熊のおじさんは店主だったようだ。しかし大きい。二メートル以上あるんじゃないだろうか。プロレスラーみたいな身体をしているぞ。

「この人に合う武器を買おうと思って。ちょっと店内を見せてもらえる？」

「どうぞ。手に取ってみてください」

熊さんはエルゼの言葉ににこやかに答えてくれた。いい熊……もとい、いい人だ。ハチミツとか好きだろうか。

店内を見渡すと至る所に武器が展示してある。種類も豊富で、剣から槍、弓、斧、鞭、様々な武器が所狭しと並んでいる。

「冬夜はなにか得意な武器ってあるの？」

「んー……特にこれといってないかな……。強いて言うなら剣をちょっとだけ教えてもらってたけど」

エルゼの質問に少し考えながら答える。まあ学校での剣道の授業ですが。それもきちんと教わったわけではないし、チャンバラの延長線上みたいなもので、ほぼ素人だ。

「……じゃあやっぱり剣がいいと思います。冬夜さんの場合、力で押す戦い方より、速さで手数を増やす戦い方の方が合っている気がする、から、片手剣、とか」

　リンゼが片手で扱う剣が並んでいるコーナーを指差す。そこにあった鞘に収まったままの剣を一本手に取り、柄を片手で握る。軽いな。もうちょっと重くてもいいくらいだ。

　ふと、壁に掛けてある一本の剣が目に留まった。いや、剣というよりは……あれは刀だ。反りの入った細身の刀身に、素晴らしい細工がされた丸鍔。帯状の紐が巻かれた柄と黒塗りの鞘。よくよく見ると若干僕が知っている日本刀とは違う部分もあるが、これは刀と呼んでも差し支えないだろう。

「……どうしました？」

「あー、これイーシェンの剣だね。やっぱり故郷の剣が気になる？」

　僕が刀に魅入っていると、リンゼとエルゼが声を掛けてきた。そうか、これってイーシェンの剣なのか。っていうか故郷じゃないけど。どうやらイーシェンは日本と共通する部分が多いらしい。ますます気になってきたな、イーシェン。

　壁に掛けてあったその刀を手に取り、ゆっくりと鞘から抜いていく。美しい刃文が輝き、目を奪われる。思ったより厚みのある刀身で、刀自体も重い。ではあるが、僕が振り回す分にはなんら問題のない重さだ。

「これ、いくらですか？」

僕の声に奥にいた熊さんがひょこっと首を出す。

「ああ、そいつですかい。金貨二枚です。けど、そいつは使いこなすのが難しいですよ。初心者にゃオススメできない商品なんですがね」

「金貨二枚⁉　高くない？」

「滅多に入荷しないものだし、使い手も限られてますし。それぐらいはしますよ」

エルゼは不満そうに口を尖らせるが、熊さんは平然とそれを流す。おそらくは適正価格なのだろう。それだけの価値はあると僕自身、認めていた。

「これをもらいます。金貨二枚ですね」

刀を鞘に収め、財布から金貨二枚を取り出してカウンターに置く。

「毎度あり。で、防具はどうします？」

「今回は見送っておきます。稼いだらまた買いにきますよ」

「そうですか。その剣でバンバン稼いでくださいよ」

そう言って熊さんは豪快に笑った。

僕の買い物はこれで終わったが、エルゼは脚甲であるグリーブ（脛から足の甲までを覆う鎧）を、リンゼは銀のワンドを買っていた。彼女たちの戦闘スタイルは、エルゼが前衛での打撃攻撃、リンゼが後衛での魔法攻撃らしい。

武器屋を出て、次に道具屋へ向かう。その道すがらちょっと気になった僕は、マップ確認でさっきの武器屋を確認する。

『武器屋熊八』

……この町のネーミングセンスはちょっとおかしい。

道具屋で小さなポーチと水筒、携帯食、釣り針や糸、ハサミ、ナイフ、マッチなど便利なものがセットになっているツールボックス、薬草、毒消し草などを買った。エルゼたちはすでに持っているというので、ここでの買い物は僕だけだった。

よし、準備万端整った。いざ、一角狼を倒しに東の森へ出発！

◇◇◇

東の森はリフレットの町から歩いて二時間ほどの距離だった。馬車でも通ったら乗せてもらえるのでは、とか期待したが、残念ながら一台も通ることはなく、きっちり二時間後、僕らは東の森へと到着した。

鬱蒼とした森の中へ、周りを注意しながら僕らは進んでいく。突然聞こえてくる鳥の鳴き声や、森の木々を揺らす小動物の気配に、いちいちビクッとし、初めの内は内心ビビっていたのだが、やがて不思議な感覚に僕は気付いた。

なんとなくだが……自分の周りの気配がわかるのだ。どこにどんな生き物がいて、自分たちにどんな感情を向けているのか……。それがわかる。なんだろう、この感覚は。第六感……とでもいうのだろうか。これも神様がくれたプレゼントのひとつなのかもしれない。

そんなことを考えていたとき、右手前方から二つの攻撃的な感情を感じた。明らかな敵意。

「気を付けて。なにかいる」

僕の言葉に二人はすぐに立ち止まる。そのまま僕は視線で森の奥を指し示すと、二人は戦闘態勢に移行した。その動きを見計らってか、森の中から黒い影が飛び出し、僕らに襲いかかってきた。

「ッと！」

慌てて身体を捻り、回避する。大丈夫。動きは見えた。灰色の体毛に額から伸びる黒い角。大きさは大型犬くらいあるが、その獰猛さは犬の比じゃない。こいつが一角狼か。

僕が飛び出してきたその一匹と対峙していると、別の方向からエルゼに向けて飛びかかる二匹目が見えた。

エルゼは襲いかかるそいつに正面から向かい合い、渾身の一撃を狼の鼻面に叩き込んだ。ガントレットの拳をまともに喰らい、一角狼はそのまま地面に倒れると、やがて動かなくなる。まさに一撃必殺。

僕がエルゼの戦いに感心していると、その隙を狙い、目の前の狼が再び牙を剥いて駆けてくる。

僕は落ち着いて狼の動きを読み、それに合わせて腰の刀を抜き放つ。すれ違いざまの一閃。その瞬間、狼の首が宙を舞い、勢いよく地面に転がった。

初めて生き物を殺したという感覚に、いくばくかの罪悪感と嫌悪感がよぎる。だが、それに浸る間もなく新手の狼が四匹、群れで現れ、そのうちの二匹がこちらへ向かってきた。

「【炎よ来たれ、赤の飛礫、イグニスファイア】」

その声が聞こえたと同時に、僕に襲いかかってきた狼の一匹がいきなり炎に包まれ火達磨になる。後ろに下がっていたリンゼが炎の魔法で援護してくれたらしい。しまった！この世界に来て初めて魔法を見るチャンスをみすみす逃した！　ぐぬぬ。

残りの一匹をさっき同様に躱しながら、刀で斬りつける。倒れた狼はすぐに動かなくなった。

エルゼの方に視線を向けると、飛びかかる狼の腹に回し蹴りを喰らわし、吹き飛ばしていた。その傍らでは最後の一匹がまた炎に焼かれている。うあ、また魔法見逃した……。

「片付いたわね。依頼は五匹討伐だったけど一匹多く仕留めちゃったわね」

そう言いながらエルゼがガントレットをガンガンと打ち鳴らす。全部で六匹、それぞれ二匹ずつ倒したわけだ。初めての戦闘にしては上出来だったと思う。あ、初めては僕だけか。

さて、討伐した証拠に狼たちの角を持ち帰らなければならない。六匹分の角を切り落とし、ポーチに入れる。あとはこれをギルドに届ければ依頼完了、ミッションコンプリートだ。

森を抜けると背負っていた緊張感が一気に抜けていく感じがした。なんか息苦しさから解放された気分だ。こういうのにも慣れていかないといけないんだろうな。

帰り道は運よく馬車が通りかかったので、乗せてもらった。ラッキー。

歩くよりはるかに早く町に帰り着くと、その足でギルドに立ち寄り、依頼完了の手続きと一角狼の角五本を受付のお姉さんに渡す。残った一本は今日の記念に取っておくことにした。

「はい、確かに一角狼の角五本、受け取りました。ではギルドカードの提出をお願いします」

　僕らがカードを差し出すと、受付の人はその上になにやらハンコのようなものを押し付ける。一瞬だけ魔法陣のようなマークが浮かんだが、すぐに消えた。後から聞いた話だが、依頼のランクにより押されるハンコが違うんだそうだ。カードには押されたハンコの情報が蓄積されていき、ある程度溜まるとランクが上がってカードの色が変わるんだとか。

　僕らは初心者ランクの黒。黒、紫、緑、青、赤、銀、金と上がっていくんだそうだ。

「それではこちらが報酬の銅貨十八枚です。これにて依頼完了になります。お疲れ様でした」

　受付のお姉さんから報酬を受け取ると、さっそく三人で六枚ずつ分ける。これで三日分の宿代が稼げたわけだ。この世界でなんとかやっていけそうな気がしてきた。

「ねえねえ、初依頼成功を祝ってどこかで軽く食事でもしていかない？」

　ギルドを出ると、エルゼがそんなことを言い出した。まだ夕食にはちょっと早いが、よく考えたらお昼抜きだった。いいかもしれない。それにちょっと頼みたいこともあったし、ちょうどいい。

僕らは町中にある喫茶店に入ることにした。

僕はホットサンドとミルク、エルゼはミートパイとオレンジジュースのようなもの、リンゼはパンケーキと紅茶をそれぞれ注文して、店員が下がると僕は話を切り出した。

「あのさ、二人に頼みがあるんだけど」

「頼み？」

「うん、僕に読み書きを教えて欲しいんだ。やっぱり文字が読めないと、不便でさ。これからやっていくのが大変そうで」

「あー、確かにね。依頼内容がわからないんじゃねえ」

うんうん、とエルゼが頷く。同時にリンゼもこくこくと頷いている。ここらへんやっぱり双子だなあ。

「そういうことならリンゼに教えてもらうといいわ。この子、頭いいから教えるのも上手だし」

「そ、そんなこと……ないけど……。私でよければ……」

「ありがとう。助かるよ」

よし、なんとかこれで読み書きができる目処がついた。あとは勉強あるのみだな。いい先生が見つかってよかった。……あ。

「そうだリンゼ。ついでと言ったらなんだけど、魔法も教えてもらえないかな。僕も使ってみたいんだけど」

「「え？」」

ハモりましたよ。この子ら。なに？　そんなに変だった？

「魔法を教えて欲しいって……。冬夜、適性あるの？」

「適性？」

「魔法は、生まれ持った適性によって大きく左右されるん、です……。適性がない人は、どうやっても魔法を使うことはできません……」

なるほど。誰もが使える能力ではないということか。まあ、そうだよなあ。誰も彼も使えたら、もっと魔法文明が発達していてもおかしくはない。

「適性ねえ……うん、でも大丈夫なんじゃないかな。ある人が、お前ならすぐ魔法を使えるようになれるって太鼓判押してくれたし」

「誰よ、その人？」

「あー……とっても偉い人」

神様です。とか言ったら正気を疑われるかなあ。黙っとこ。

「適性があるかどうか、わかる方法ってないの？」

僕の質問にリンゼは腰のポーチからいくつかの透明感のある石を取り出した。赤や青、黄色に無色、まるでガラスのように輝いている。大きさは一センチ前後といったところか。そういや似たようなものが、リンゼの持つ銀のワンドにも付けられてたな。あっちのはもっと大きかったけれど。

「なんだい、これ？」

「これは魔石、です。魔力を増幅、蓄積、放出できるんです。これを使って適性を調べることができます。大雑把にです、けど」

「水」がわかりやすいかな……とつぶやくと、リンゼは青みがかった透明な石をつまみ上げた。そしてそれを飲み終わった紅茶のカップの上に持ってくる。

「【水よ来たれ】」

リンゼがそう言葉を紡ぐと、魔石からツツーッと少量の水が流れ出し、紅茶のカップに落ちていった。

「おお」

「これが魔法が発動した状態、です。魔石が私の魔力に反応して、水を生み出したわけです」

「ちなみに」

隣のエルゼが妹から魔石を受け取り、同じように呪文を唱える。

「【水よ来たれ】」

しかし、魔石はなんの反応も示さず、一滴の水も出ることはなかった。

「水の適性がないとこうなるの。だからあたしは水の魔法が使えないわけ」

「双子なのにエルゼは使えないいんだ」

「気にしてることをズバッと言わないでよ……。まあ、いいけどさ」

しまった。つい口が滑った。しかし、エルゼも本気で怒っているというわけではなく、ちょっと拗ねているという感じなので、少し安心した。

「お姉ちゃんは、水の魔法を使えない代わりに魔力によって身体強化の魔法が使えます……。逆に私は身体強化ができません。身体強化の魔法にもその適性が必要です、から」

なるほど。あのとんでもない破壊力の源はそれか？　身体は細く見えるのに、どこにあんなパワーがあるのか不思議だったが、謎が解けた。

「魔力は、誰もが持っていますが、適性がなければその技能を使うことができません」

全ては適性次第、か。才能がないから、と言われればそれまでなんだろうけど、世の中は不公平だな。

「で、僕もそれをやれば適性があるかわかるのか」

「はい。……手に持って石に意識を集中し、【水よ来たれ】と、唱えてください……。適性があれば、水が生まれるはず、です」

エルゼから青い魔石を受け取り、発動したときにテーブルが濡れるのを避けるため、皿の上に魔石をつまんだ手を持ってくる。

意識を魔石に集中し、教えられた言葉を唱えた。

「【水よ来たれ】」

次の瞬間、壊れた蛇口のように魔石から水が溢れ出した。

「うおわッ!?」

驚いて魔石から手を離すと、水はすぐに止まった。けれどテーブルは水浸しで、テーブルクロスがぐしょぐしょに濡れてしまった。

「……どういうこと？」

明らかに異常な事態に目の前の二人に説明を求める。しかし双子の姉妹は目を見開いて、唖然としていた。その表情があまりにもそっくりで、思わず笑ってしまいそうになる。

「……冬夜さんの魔力量が桁違いに大きかった、んだと思います……。こんな小さな魔石と呪文の断片でまさか……初めて、なのに。それと、魔力の質があり得ないくらい澄んでいます。信じられません……」

「……あんた魔法使いの方が向いてるわよ、絶対。こんなの見たことない」

やっぱり適性はあったか。まあ、神様のお墨付きだからなあ。それにしてもこの魔力量とかも神様効果……なんだろうな、たぶん。少ないよりはいいけどさ。とにかく、僕は魔法を使うことができるわけだ。

ずぶ濡れにしてしまったテーブルのことを謝罪して、そそくさと僕らは喫茶店を後にした。

宿に着くとすでに夕方になっていたので、魔法のことは明日以降ということになった。夕食を終えるとそのまま食堂でリンゼに読み書きを教えてもらう。一応ミカさんには食堂の使用許可をもらっておいた。

まずは簡単な単語をリンゼに書いてもらい、その横に僕が日本語で意味を書いていく。

「……見たことのない文字ですね。これは、どこの？」

「んー、故郷の限られた地域だけに伝わる文字だよ。たぶんこの辺りじゃ僕以外使わないだろうけど」

　この辺どころか、この世界じゃ使う人はいないだろうなあ。秘密の暗号文みたいなもんだ。

　リンゼは不思議そうにしていたが、とりあえずは理解してくれたようだ。

　その後も単語を地道に教えてもらい、それを片っ端から日本語に変換していく。リンゼの教え方が上手なのか、頭の中にどんどん単語が入っていく。おや？　自分、こんなに記憶力よかったっけ。これも神様効果か？

　でもそれなら初めから、読み書きもできるようにしといてくれたら楽だったのに、とか思わないでもなかったが、神様にもいろんな都合があるのだろう。贅沢は言うべきじゃない。

　キリのいいところで勉強を終えて、リンゼと別れ、自室に戻る。

　スマホで今日の出来事をメモリ、あっちの世界の情報を覗く。ふーん、あの人に国民栄誉賞か。あっ、この映画観たかったなあ。

　おっとそうだ、気になっていたイーシェンをマップで確かめてみる。するとここからだいぶ東、大陸の果てを越えた島国だとわかった。そんなとこまで日本と似てるんだな。いつか行く機会があったら行ってみたい。

今日は魔獣討伐とかして疲れていたのか、すぐに眠くなってきた。無駄な抵抗はせず、さっさとベッドに潜り込む。おやすみなさい。ぐう。

「えっと……では、始めます」
少し緊張しているのか、リンゼがたどたどしく宣言する。どうも彼女は人見知りというか、おとなしすぎる印象があるんだよな。姉さんを見習う……のもちょっと考えものか？出会ったときからしたら、だいぶ打ち解けてきたとは思うけど、まだなんかよそよそしい。
今日はギルドの依頼を休んで、僕の魔法講座を開いてもらった。宿屋の裏庭、おそらく店で使わなくなったと思われるボロいテーブルと椅子に座り、リンゼと対面する。
あ、エルゼはやることないから、一人でできる採取の仕事をしてくるって朝からギルドに出かけていった。

「ではリンゼ先生、よろしくお願いします」

「せっ、先生とか……っ！　あう……」

真っ赤になって俯いてしまう先生。やばい、かわいい。

「で、まずはなにからすれば？」

「あ、はい。まずは基本的なところから、なんですけれど……。魔法には『属性』がいくつかあります」

「属性？」

「火とか水とか、そういったものです。えっと、全部で火、水、土、風、光、闇、無の七つの属性があります。少なくてもこのうち、冬夜さんは水の属性を持っていることが昨日わかりました」

ああ、昨日の魔石のことか。水を生み出すことができたんだから、そりゃ水属性は確実だろう。

「昨日は最初の水で適性が分かったので、問題なかったのですが、もしダメだったなら、他の属性の魔石でも試してみるつもりでした」

「魔法が使えるって言っても、個人によって属性の種類がある……ってこと？」

「そうです。ちなみに私は火、水、光の三つが使えますが、他の四つは、初級の魔法も使えません。使える三つの属性も、火属性は得意ですが、光属性は苦手です」

ここいらも生まれつきのもの、と言うわけか。自分で選ぶことはできない。神まかせと言うわけだ。神様も大変だね。

「ところで火とか水とかはなんとなくわかるんだけれども、光、闇、無ってのは？」

「光は別名を神聖魔法と言って、光を媒介にした魔法です。治癒魔法もここに含まれます。闇は主に召喚魔法……契約した魔獣や魔物を使役することができます。そして無ですが、これは他の六つに当てはまらない特殊な魔法で、個人のみの魔法が大半です。お姉ちゃんの身体強化もこの属性です」

なるほど。あの能力は使えそうだ。

「無属性魔法以外は魔力と適性、そして呪文が揃って初めて魔法が発動します。適性がある属性がわからなければどうしようもないので、まずは、それを調べましょう」

と、リンゼがポーチから魔石を取り出し、テーブルに並べた。全部で七つ。赤、青、茶、緑、黄、紫、そして無色透明。

「それぞれ火、水、土、風、光、闇、無の魔石です。ひとつずつ確認していきましょう」

まずは赤い魔石を手に取り、意識を集中。そしてリンゼに教えられた言葉を紡ぐ。

「【火よ来たれ】」

ボッと勢いよく魔石が燃え出した。慌てて手から魔石を放すとすぐに消える。危なっ！

「大丈夫ですよ、魔力で生み出された火は本人には熱くありませんから。でも、服とかに燃え移ると熱さを感じるので気をつけて下さい」

「そうなの？」

もう一度魔石を手に取り、呪文を唱えてみる。再び火がついたが、確かに熱くない。これが何かに燃え移ると術者でも火傷をするのか。燃え移った火はもう魔法の火ではない、ということなんだろうか……。それにしても炎が大きすぎやしないか？

「魔力が大きすぎるんですね……。慣れればちゃんとコントロールできるようになると思いますが、今はそんなに集中しないで、逆に気を散らしてみたら少しは抑えられるかも……」

集中せずにかる〜い感じでやれば、適度に力が抜けて、それほど大きな変化はしないとか？　変な話だが、そうしてみよう。

続いて青の魔石は確認済みなので、次の茶色の魔石を手に取る。今度は全く魔石に集中せず、軽い気持ちで教えられた言葉を放つ。

「【土よ来たれ】」

魔石から細かい砂がザザーッとテーブルに落ちた。あああ、砂だらけだ。あとで掃除しないと……。

次に緑の魔石。

「【風よ来たれ】」

今度はいきなり突風が吹いて、テーブルの上の砂を吹き飛ばしていった。掃除する必要がなくなったが、魔石まで転がっていった。あー、もう。

「【光よ来たれ】」

眩しッ！　魔石が目の前でストロボを焚かれたみたいな閃光を発した。

「【闇よ来たれ】」

これが一番わからん。なんか黒いモヤのようなものが魔石の周りに漂い始めた。気味悪っ。

六つの属性を確認し終えた時点で、リンゼの様子がおかしいことに気付いた。さっきまで一緒になって喜んでくれてたのに、だんだんと口数が減っていき、神妙な顔をしている。

「……どうしたの？」

「あ、いえ、六つも属性を使える人なんて初めて見たもので……。私は三つ、使えますが、それでも珍しい方なんですよ。なのに……すごい、です」

それでか。うーん、これも神様効果なんだろうけど、ちょっとズルしてる気持ちになるな。魔法を使いたくても使えない人とかだっているだろうし。なんか申し訳ない。

まあ、気にしても仕方がない。最後のひとつ、無色の魔石を手に取る。

「……あれ？　これってどうやって発動すんの？」

今までは「～よ来たれ」で発動してたけど、「無よ来たれ」でいいの？　なんか変な感じするけど。

「無の魔法は特殊で、これといって呪文が決まってないんです。魔力の集中と魔法名だけで発動するので」

ふうん、そうなのか。便利だな。無色魔法。

「例えばお姉ちゃんの身体強化だと、【ブースト】って唱えれば発動します。その他に筋力を増加する【パワーライズ】、珍しいものだと遠くに移動できる【ゲート】なんてのもありますが、お姉ちゃんは使えません」

六属性に当てはまらない便利魔法が無属性か。

「……でも、自分がどんな無属性の魔法を使えるかなんてどうやってわかるの？」

「お姉ちゃんが言うには、あるときなんとなく魔法名が頭に浮かぶんだそうです。無属性は個人魔法とも呼ばれ、まったく同じ魔法を使える人は滅多にいません。複数の無属性魔法を持つ人もいますが極めて稀です」

えー、そうなの？　不便だな。無色魔法。

「じゃあ今すぐ無属性の適性があるかはわからないのか……」

「いえ、魔石を手にして何か無属性の魔法を使おうとしてみればわかります。魔法が発動しなくても、魔石がちょっと光るとか、少し震えるとか、なにかしらの変化はあるはずですから」

「変化が無かったら？」

「……残念ながら無属性の適性はありません」

まあ、とりあえず何か試してみるか……。

遠くに移動できる魔法とか使えれば便利だよな。昨日みたいに歩いて森まで行かないでもすむし。

よし。無色の魔石を持ち、つぶやいてみる。

「【ゲート】」

突然、魔石から光が放たれ、僕らのそばに、淡い光を放つ半透明の壁が現れた。大きさはドア一枚くらい。壁かと思ったが、厚さは一センチもない。板、と言った方が近いか。

「……できたね」

「……そうですね」

僕の言葉に呆然としながらリンゼが答える。

恐る恐る板に触れてみた。指先が触れると、そこから波紋が広がっていく。まるで水の膜でも張っているかのようだ。その膜に、腕を突っ込み、引っ込め、問題がないことを確認すると、思い切って顔を突っ込んでみた。

次に視界に飛び込んできたのは広がる森と、尻餅をついて目を見張るエルゼの姿だった。

「……なにしてんの、エルゼ？」

「なっ、なっ、なにって……冬夜⁉　どうなってんの、これ⁉」

一旦顔を引っ込め、リンゼの手を引いて一緒に森の中へ移動した。

「リンゼも⁉　え、え、なにこれ、どっから出てきたの⁉」

パニクるエルゼにリンゼが簡単に説明する。どうやらここは昨日出かけた東の森らしい。エルゼはここで病気に効く薬草を採取していたところ、突然光の壁が現れ、腕が出たり、引っ込んだりしたもので腰を抜かしたらしい。まあ、そうなるか。

「【ゲート】の魔法は一度術者が行ったところなら、どこにでも行けるそうです。おそらく冬夜さんが魔法を使ったとき、ここのことを思い浮かべたんじゃないかと……」

あー、確かに。昨日みたいに歩かないですむなーとか思いましたね。

「はー、それにしても全属性使えるって……。あんたちょっとおかしいわよ」

呆れたようにエルゼがつぶやく。まあ、気持ちはわかる。

「全属性使える人なんて聞いたことありません。すごいです、冬夜さん！」

エルゼとは逆に感心しきりのリンゼ。それに対しては苦笑いする他ない。

エルゼの採取は終わっていたようで、渡りに船とばかりに、一緒に【ゲート】をくぐり、宿屋の裏庭に帰ってきた。

「行くときは二時間かかったのに、帰りは一瞬。便利ね、この魔法」

そう言うとエルゼは、依頼を終わらせてくる、とギルドに行ってしまった。

とりあえず今日の魔法講座はここまで、ということで、僕らは宿屋の中へ戻ることにした。そろそろお昼だし。今日のメニューはなんだろう。あー、お腹すいた。

◇　◇　◇

僕らが食堂に戻ると、ミカさんと見慣れない女の人がいた。歳の頃はミカさんと同じくらい。少しウェーブがかかった黒髪の人だ。白いエプロンをしているところから、料理関係の人だろうか。

二人の前にはそれぞれ料理が置いてあり、ナイフで切ってフォークで食べながら、難しい顔をしている。ミカさんが顔を上げて僕らに気づくと、声をかけてきた。

「ああ、ちょうどよかった」

「なんですか？」

僕らの前にミカさんが隣の彼女を連れてやって来る。

「この子はアエルって言ってね、街で『パレント』って喫茶店をやってるんだけど……」

「ああ、昨日行きました。いい雰囲気のお店ですよね」

テーブルを水浸しにしたのは黙っておく。あの場にアエルさんはいなかったと思うから、厨房の方にでもいたんだろう。見られてたら気まずいところだ。

「その店で新メニューを出そうかと考えているんだけど、あんたたちにも聞いてみたいと思ってさ。別な国の人なら、なにか珍しいメニューを知ってるかもと思ってね」

「なにかいい料理があれば教えて欲しいんです」

アエルさんはそう言って頭を下げた。リンゼと僕は顔を見合わせ、小さく頷く。

「僕らでよければ」

「……はい」

力になれるかわからないけれども。

「どんなものを出したいと思ってるんですか？」

「そうですね……やっぱり軽く食べられるもの、ですかね。デザートというか、女性受けするものならさらにいいんですが……」

「女の人が喜びそうなもの、かあ。クレープとか、アイスぐらいしか浮かばないけど……」

我ながらなんとも貧相な発想だ。そもそも僕はあまり料理とかしない方だし。

「アイス？　氷ですか？」

「いや、そっちじゃなくて。アイスクリームの方」

「アイスクリーム？」

あれ？　みんなキョトンとしてる。ひょっとしてこっちの世界には無いのか？

「どんな料理なんですか？」

「えーっと、甘（あま）くて冷たくて、白い……バニラアイスって知りません？」

「いえ。聞いたこともないです」

どうも本当らしい。冷蔵庫もない世界なんだから当たり前といえば当たり前か。いや、魔法で作った氷を利用した簡易的な冷蔵庫はあるそうだが。冷蔵庫というより、保冷庫か。

「作り方はわかりますか？」

「いや、作り方までは……確か牛乳を使って作るってことぐらいしか……」

アエルさんの質問に思わず口篭る。作り方って言われてもなあ。

……待てよ。確かに僕はバニラアイスの作り方を知らないが、それを調べることができる！

「ちょっとまってて下さい。ひょっとしたらなんとかなるかも。えーっとリンゼ、手伝ってもらえる？」

「え？　は、はい、かまいません、けど……」

リンゼを連れて部屋に戻る。スマホを取り出し、「アイスクリーム　作り方」でネットに検索をかけた。よしよし、載ってる載ってる。

「……それ、なんですか？」

スマホを操作する僕に、不思議そうな顔で尋ねるリンゼ。

「あー、便利な魔法の道具ってとこかな。僕にしか使えないけど。あまり詮索しないでもらえると助かる」

リンゼは訝しげな顔をしつつも、それ以上突っ込んではこなかった。物分かりのいい子だ。

「で、今から読み上げる事を紙に書いていってもらえるかな」

「はい」

「卵三個、生クリーム二百ミリリットル、砂糖六十～八十グラム……ここまででわからない単語とかある？」

材料をざっとあげて、リンゼに尋ねてみる。

「ミリリットルとかグラムってなんですか？」

……そうきたか。

「ミリリットルは僕の国の分量の単位だよ。グラムは重さ。ここらへんは僕の目分量でやるしかないなあ……。あ、あとリンゼは氷の魔法って使える？」

「はい、使えます。水属性の魔法ですから」

よし、なら問題ない。続けてバニラアイスの作り方を書いてもらおう。


リンゼに書いてもらった作り方を見ながら、アエルさんが調理していく。ド素人の僕が作るより確実だろう。材料を泡立てるのは手伝ったけど。角が立つまでかき混ぜるのは骨が折れた。

最後に蓋をした容器にリンゼが魔法をかけて、周りを氷で覆う。そしてしばらく放置し、頃合いを見計らって氷を砕き、中の容器を取り出す。うん、ちゃんと固まってるっぽい。

スプーンで一口食べてみる。微妙な違いはあるものの、バニラアイスと言っても差し支えないと思う。

皿に取り、アエルさんに差し出す。一口食べて彼女はすぐに目を見開き、次いで笑顔がこぼれた。

「美味しい……！」

どうやらお気に召したようだ。これで一安心。

「なんだい、これ！　冷たくて美味い！」

「美味しいですー……！」

ミカさんとリンゼも気に入ってくれたようだ。正直、自分としてはイマイチなんだけれど。まあ、有名アイスチェーン店のようにはいかないか。

問題はアエルさんの店に、氷の魔法を使える人がいるかということなんだけれど、どうやら一緒に働いているアエルさんの妹さんが使えるらしい。なら大丈夫か。

「これなら女性受けもすると思うし、新メニューには充分じゃないですかね」

「はい！　ありがとうございます！　バニラアイス、使わせてもらいますね！」

正確にはバニラエッセンスを使ってないので、バニラアイスではないのだが……ま、細かいことはいいだろう。

アエルさんがさっそく自分で一から作ってみたいと、挨拶もそこそこに店に戻って行った。

のちにギルドから戻ったエルゼがこの話を聞き、自分だけ食べられなかったことに不満を爆発させたので、ミカさんが作ることになった。その際に、僕はまた材料をかき混ぜることになってしまい、ハンドミキサーという文明の利器が欲しいと、切に願うことになる。腕が痛い……。

どうもこちらの世界はいろんなところでちぐはぐした感覚がある。発展しているものもあれば、全く発展していないものもあるといった風に。

例えば僕の部屋にある枕。低反発なんか太刀打ちできないほどの高品質な枕なのだ。しかもコレで低価格の安物だという。素材がどこでも獲れる魔獣の分厚い皮を加工してできているんだと。これでごく普通の一般的な枕らしい。じゃあ最高級の枕ってどんな肌触りなのか、想像もつかない。

世界が変われば価値も変わる。少しずつでも馴染んでいかないとな。これからこの世界で僕は暮らしていくのだから。

第二章　旅は道連れ、世は情け

ギルドの依頼はいろいろある。魔獣討伐から、採取、調査、変わったところだと子守りなんてのもあった。

何回かギルドの依頼をこなしていた僕らは、昨日ギルドランクが上がった。カードが紫色になったのだ。初心者を卒業した。

これでボードに貼られている依頼書のうち、黒と紫、どちらでも大丈夫だと太鼓判を押されたわけだ。

まあ、それでも油断すれば失敗するし、悪ければ命の危険だってある。一層気を引き締めていかないと。

「北、廃墟……討、伐……メガ……スライム？」

紫の依頼書のひとつを読んでみる。僕はリンゼのおかげでなんとか簡単な単語なら読めるようになった。報酬は……銀貨八枚か。悪くないんじゃないかな。

「ねえ、これ……」

ユニゾンで拒否ですか。そうですか。二人とも、ものすごい嫌な顔してるけど、そこまで？

「「ダメ」」

どうやら二人ともブヨブヨネバネバとした物体が生理的にダメなんだそうだ。

「それにあいつらって服とか溶かしてくるのよ？　絶対に嫌」

それは……惜しかった……。

「これは？　王都への手紙配送。交通費支給。報酬は銀貨七枚。どうかしら？」

「銀貨七枚か……三人で割れないな」

「別に残りはみんなでなにかに使えばいいじゃない」

それもそうか。

エルゼの指定した依頼書を確認してみる。依頼主はザナック・ゼンフィールド……あれ？

これってあのザナックさんか？

住所を確認してみるが、やっぱり「ファッションキングザナック」のザナックさんだ。

間違いない。

「王都ってここからどれくらいかかる？」

「んー、馬車で五日くらい？」

けっこうあるなあ。初めての長旅になりそうだ。でも帰りは【ゲート】を使えば一瞬で戻れるから、楽か。それに一度でも王都にたどり着けば、次からは行くのも【ゲート】で一瞬だから、後々便利だ。

「うん、じゃあこの依頼受けよう。この依頼人、僕の知ってる人なんだ」

「そうなの？　じゃあ決まりね」

エルゼが依頼書を引っぺがし、受付に持って行った。受付を済ませたエルゼが言うには、細かい依頼内容は直接依頼人に聞くように、とのことだ。

じゃあ、会いに行ってみるか。

「やあ、久しぶりだね。元気だったかい？」

「その節はお世話になりました」

店に入ってすぐにザナックさんは僕に気付き、声をかけてきた。ギルドの依頼で来たことを告げると、僕らを奥(おく)の部屋へと通してくれた。

「仕事内容はこの手紙を王都にいるソードレック子爵(ししゃく)へ届けること。私の名前を出せばわかるはずだ。子爵からの返事ももらって来て欲しい」

「急ぎの手紙ですか？」

「急ぎではないが、あまりゆっくりされても困るかな」

ザナックさんは笑いながら、短い筒に入った手紙をテーブルの上に置いた。蝋かなにかで封がされ、印章が押されている。

「それとこっちが交通費。少し多めに入れといたから。余っても返さなくていいよ。王都見物でもしなさい」

「ありがとうございます」

手紙と交通費を受け取って店を出ると、さっそく旅の支度に取り掛かる。僕は馬車の手配を、リンゼは旅の間の食糧の買い出し、エルゼは宿に戻って必要な道具を持ち出すことにした。

一時間後、すべての準備が整い、僕らは王都へ向けて出発した。


馬車はレンタルで借りた。幌もなく荷台をつけただけという、粗末な馬車だったけど、てくてくと歩いていくよりは数倍マシだ。

僕は馬を扱うことはできないけれど、二人はバッチリだった。なんでも親戚の人が農場を経営していたらしく、子供の頃から馬の扱いには慣れているんだそうだ。

結果、御者台には交代でどちらかが座ることになり、僕は荷台で揺られているだけだ。ちょっと申し訳ない。

馬車は順調に街道を進み、時折りすれ違う他の馬車に挨拶をしながら、北へ北へと向かう。

リフレットの町を出発して、その次のノーランの町を素通りし、アマネスクの町に到着したとき、ちょうど陽が暮れてきた。

今日はこの町で宿を取ることにしよう。……あれ？　ちょい待ち。

よくよく考えたら【ゲート】が使えるんだから、一旦リフレットに戻り、「銀月」に泊まって、また明日ここからスタートすればいいのでは？

思い付いたことを二人に話すと、即反対された。えー。

二人が言うには旅の楽しみを捨てている、とのこと。

「知らない町で、知らない店を訪ね、知らない場所で泊まるのがいいんじゃない。わかってないわね」

と、エルゼに呆れられた。お金が無いならいざ知らず、交通費が支給されているんだから、無粋な真似はするな、というわけだ。そんなもんかね。

完全に陽がくれる前に宿を決めることにする。「銀月」よりも少し上等な宿に部屋を取った。部屋割りは僕と彼女たち二人の二部屋。僕の方は普通の大きさだが、彼女たちは少し大きい二人部屋だ。

宿が決まったので、馬車を預け、みんなで食事に出かける。宿の親父さんがいうには、ここは麺類が美味いんだそうだ。ラーメンとかないかなあ。

どこか手頃な店に入ろうと町中を散策していたとき、道端から争う声が聞こえてきた。野次馬が集まり、なにやら騒ぎが起きているようだ。

「何だ?」

興味を引かれた僕たちは、人込みをかきわけ、騒ぎの中心に辿り着く。そこには数人の男たちに取り囲まれた異国の少女がいた。

「あの子……変わった格好してますね……」

「……侍だ」

リンゼの疑問に僕は短く答える。

薄紅色の着物に紺の袴、白い足袋に黒鼻緒の草履。そして腰には大小の刀。流れるような黒髪は眉の上で切り揃えられていた。後ろはポニーテールに結わえられて、その先も肩の上で真っ直ぐ切り揃えられている。控えめな簪がよく似合っていた。

侍とは言ったが、イメージ的にはハイカラさんと言うか、そんな印象を受ける。だがその佇まいは侍のそれだ。

その侍の少女を取り囲むように、十人近い数の男たちが、剣呑な視線を向けている。すでに剣やナイフを抜いている者もいた。

「昼間は世話になったな、姉ちゃん。お礼に来てやったぜ」

「……はて？　拙者、世話などした覚えはないのでござるが」

うわ、拙者だって！　ござるって！　生で初めて聞いた。

「すっとぼけやがって……！　俺らの仲間をぶちのめしときながら、無事で帰れると思うなよ」

「……ああ、昼間警備兵に突き出した奴らの仲間でござるか。あれはお主たちが悪い。昼間っから酒に酔い、乱暴狼藉を働くからでござる」

「やかましい！　やっちまえ！」

男たちが一斉に襲いかかる。侍の子はひらりひらりとそれを躱し、男の一人の腕を取って、軽い感じでくるりと投げた。背中から地面に叩きつけられた男は悶絶して動けなくなる。

相手の勢いを流し、体勢を崩して、投げる。合気道……柔術だろうか。侍の子はそのまま続けざまに二、三人投げ飛ばしていったが、なぜか不意によろめき、動きが鈍る。

その隙を突いて、背後から剣を構えた奴が斬りかかった。危ない！

「【砂よ来たれ、盲目の砂塵、ブラインドサンド】！」

とっさに僕は呪文を紡ぎ、魔法を発動させた。

「ぐわっ、目が……！」

覚えたての砂による目つぶしの呪文だ。たいして効果はないが、急場しのぎには充分だった。

その間に剣を持った男へ僕は飛び蹴りをかます。突然の乱入者に侍の子はびっくりしていたが、敵ではないと判断したのか、目の前の自分の相手に注意を戻した。

「ああもう、やっかいごとに首を突っ込んで！」

そう文句を言いながら戦いの輪に飛び込み、ガントレットの重い一撃を与えていくのはエルゼだ。文句を言うそのわりには、なんか笑ってやしませんか？

しばらくすると男たちは全員のびていた。半数は嬉々としてエルゼがぶちのめしました。こわっ。

町の警備兵がやってきたので、後を任せ、僕らは現場から離れる。

「ご助勢、かたじけなく。拙者、九重八重と申す。あ、ヤエが名前でココノエが家名でご

ざる」

そう言って侍の女の子、九重八重が頭を下げた。その自己紹介にちょっとデジャヴ。

「ひょっとして君、イーシェンの出身？」

「いかにも。イーシェンのオエドから来たでござる」

オエドって。そんなとこまで似てるのか。

「僕は望月冬夜。冬夜が名前で望月が家名ね」

「おお、冬夜殿もイーシェンの生まれでござるか⁉」

「いや。似ているけど違う国から来た」

「「え？」」

僕の答えに後ろの双子姉妹が驚きの声をあげる。あー、そういや面倒だったから、イーシェン出身ってことにしてたんだっけ。

「それより……さっきの戦いの最中にふらついてたみたいだけど、どこか身体が悪いの？」

「いや、身体は問題ないのでござるが、そのう……拙者、ここに来るまでに、恥ずかしながら路銀を落としてしまい、それでー……」

ぐうぅぅぅぅう。

八重のお腹が盛大に鳴った。彼女は顔を真っ赤にして肩を小さくしている。

腹ペコ侍参上である。

◇◇◇

ちょうど僕らも食事をしようと思っていたので、八重を連れて食事処へ入った。けれど、彼女は見ず知らずの人に施しを受けるわけにはいかない、とかなんとか言って、食事を取ろうとはしなかった。

「僕らは旅の思い出にイーシェンの話が聞きたい。その代わり、僕らは君に食事を提供する。これは施しなどではなく、対等の取り引きだ」

と、言ってやったら、それなら、と注文し始めた。チョロい。

「……へえ、八重さんは、武者修行の旅をしているん、ですか」

「もぐもぐ……いかにも。我が家は代々武家の家柄でござる。実家は兄が継ぎ、拙者は腕を磨くため、旅に出たのでござるよ。はぐっ」

「なるほどねー、苦労してるのね、あんた。偉いわ」

牛串を食べながらの八重に、エルゼが感心していた。どうでもいいけど八重は食べるか喋るか、どっちかにした方がいいと思う。

「で、八重はこれからどうするの？　どこか目的地とかってあるのか？」

「……王都に、昔、父上が世話になった方がいるので、そこを訪ねてみようと思ってるでござる、よ」

僕の質問にずず〜っと、きつねうどん（のようなもの）をすすりながら八重はそう答えた。だから、食べながら返すなって。

「奇遇ね、あたしたちも王都に仕事で行くのよ。ね、良かったら一緒に行かない？　まだ一人ぐらいなら馬車に乗れるし、その方が八重も楽でしょう？」

「まことで、ござるか？　願っても無いことでござるが……はふっ、拙者などが、んぐっ、よろしいので？」

エルゼの提案に目を丸くして、たこ焼き（のようなもの）を頬張る八重。しかし、よく食うな!?　何品めだこれ!?

「かまわない、ですよね、冬夜さん？」

「あ？　ああ、それは別にいいんだけど……」

この子を連れて行ったら、食費がけっこう飛ぶんじゃないかと、別の心配をしている自分がいた。

とりあえず八重も満足したようなので（八重は一人でパン七つ、牛串、焼き鳥、きつねうどん、たこ焼き、焼き魚、サンドイッチ、牛ステーキを平らげた）会計を済ませ、店を出た。おお……予想外の出費……。

帰り道で明日また集まることにして、僕らは宿へ戻ろうとしたとき、待てよ？　と、ちょっと疑問に思っていたことを八重に聞いてみた。

「八重はどこに泊まるの？」

「あー、えと、野宿するでござる……」

そうだよ。この子一文無しなんだよな……。

「野宿とか……。あたしたちの宿に来なさいよ。お金は立て替えてあげるから」

「一人で野宿は危険です」

「いやいや、そこまで世話になっては申し訳これなく……」

遠慮というか、そういう部分も日本人っぽいな。さて、普通にお金を渡しても受け取ってくれないだろうし、どうしたものか……よし。

「八重、僕にその簪を売ってくれないかな？」

「簪……でござるか？」

八重は髪に挿していた簪を手に取る。黄色と茶の斑模様。

「それ、鼈甲の簪だろ。前から欲しかったんだ。お世話になった人にあげようと思っててさ」

「ベッコウ？」

聞き慣れない言葉にエルゼが口を挿む。

「亀の甲羅でできた工芸品だよ。僕の国じゃ高級品だった」

正直よく知らないが、たしか昔はそうだったはず。

もちろん、前から欲しかったというのは嘘だ。彼女にお金を渡すための理由である。エルゼとリンゼもそれに気付いているらしく、しきりにそうした方がいいと勧めていた。

「こんなものでよければ拙者はかまわないでござるが……」

「交渉成立。じゃあこれ代金」

鼈甲の簪を受け取って、代わりに財布から取り出した金貨一枚を握らせる。

「こっ、これは貰い過ぎでござるよ！　こんなに受け取れないでござる！」

「いいからいいから。受け取っておきなさいよ。冬夜はこの簪をずーっと欲しかったらしいから。ほらほら、宿屋へ行くわよ」

「いや、ちょっ……エルゼ殿!?」

エルゼが強引に腕を引いて、八重を引っ張っていく。遠くなっていく二人を見ながらリンゼが尋ねてきた。

「……その簪って本当に高いんですか？」

「さあ？　少なくとも本物なら僕の国では貴重品だったはずだけど、相場はわからないな」

「わからないのに金貨一枚も？」

「まあ、いいものらしいし、それなりに高いんじゃないかな、コレ。僕は損したとは思ってないけど」

笑いながら簪を懐にしまって、僕らも宿へと歩き出す。

その後、八重は無事に僕らと同じ宿屋に部屋を取り、一晩ぐっすり眠ってから、共に馬車で旅をする仲間になった。

アマネスクの町を出て、さらに北へ。

この国、ベルファスト王国は大陸の西に位置し、西方でも二番目に大きい国だ。

そのためか、一旦町から離れると、急に人家がまばらになり、そのうち山々や森の他になにも見えなくなる。国に対して人口密度がそれほど高くないのだろうか。

行き交う馬車や人々も二時間に一人、会うか会わないかというレベルであったが、王都に近くなればもっと増えるとのことだった。

僕は相変わらず馬車に揺られながら、ちらりと御者台に座る八重を見る。八重も馬の扱いはバッチリで、今日からは三人で交代することになった。ますますもって肩身が狭い。

なんだろう、この役立たず感……。

それを払拭するために、というわけではないのだが、僕は魔法書で魔法のお勉強中だ。

リンゼに魔法を教えてもらってから判明したことだが、僕は無属性の魔法が複数使えることがわかった。

きっかけはエルゼの無属性魔法【ブースト】が便利そうで、できるかどうか試したところ、難なく発動したことだ。

その他にギルドの冒険者で無属性魔法【パワーライズ】を持っている人がいたので、効果などを説明してもらい、それも試したらこれも使えた。

つまり無属性魔法なら、魔法名と詳しい効果さえわかれば、ほぼ百パーセント発動させることができると判明したのだ。双子姉妹には驚きを通り越して呆れられた。ま、便利なのは間違いないからよしとする。ありがとう、神様。

しかしちょっと問題があった。無属性魔法はほぼ個人魔法。つまり世間にあまり広まってない、ということ。

自分だけが使える切り札的な魔法だ。秘匿する人もいる。対策を取られてしまうからな。【パワーライズ】を教えてくれた冒険者のように、聞いたところで真似もできないからって教えてくれる人もいるんだが。真似してごめんなさい。

それでも判明している無属性魔法はいろいろある。そこで過去の無属性魔法が多く記されている本を買って、使える魔法を習得しようと考えたのだ。

しかし、これにもまた問題があった。数が多すぎるのだ。その数はちょっとした電話帳並み。

個人しか使えない魔法が載っているので、線香の煙を長持ちさせる魔法、お茶の色を鮮やかにする魔法、ささくれだった木材を滑らかにする魔法など、使い所がかなり限定される魔法もあった。というか、ほぼそういったものだ。

また、似通った魔法も多かった。実際、【パワーライズ】と【ブースト】も少し被っている。どちらも身体能力強化の魔法だ。跳躍力や瞬発力も強化されるので【ブースト】の方が使い勝手がいいのだが。

どこでどんな魔法が使えるかわからないし、片っ端から覚えていけばいいじゃないか、とも思った。だけど、正直神様に記憶力を良くしてもらってるとはいえ、電話帳を覚える自信はない。

　電話帳の中から使える魔法を見つけるのは、はっきり言って面倒くさい。砂漠で針を探している気分だ。飽きるし。かといって他にやることもなく、こうやって本に目を走らせているわけで……。お？


「遠くにある小物を手元に引き寄せる魔法……か。使えるかな」

「試してみたらどうですか？」

　リンゼが覗き込んでくる。そうだな、とりあえず試してみよう。

「【アポーツ】」

　しかしなにも起こらなかった。あれ？　なにか引き寄せる感覚はあったんだけど……。

　荷台で同じく揺られていたエルゼが、魔法の発動に失敗した僕に声をかけてきた。

「なにを引き寄せようとしたのよ？」

「八重の刀。急に無くなったら驚くかと思って。うーん……ああ、大きさかな？　小物って書いてあるしな」

　もう一度、今度は明確なイメージを浮かべて、発動させる。

「【アポーツ】」

「ふわっ⁉」

御者台に座る八重の、慌てた声が聞こえてきた。

僕の手の中には八重の髪を縛っていた組紐が握られている。

「成功ですね。使い方によっては便利ですが、恐ろしくもありますね」

「恐ろしい？」

「だって知らぬ間に物が無くなるのよ。これってスリとか、そういうことをし放題ってことでしょう？」

「なるほど……。そう考えると怖いな。お金とか宝石、そういった類いの物も奪えるのか……」

「……やるんじゃないわよ？」

「……やらないで下さいね？」

エルゼとリンゼがジト目で訴えかける。失礼な。

「やらないよ、そんなこと。でも、これって下着とかも引き寄せることができるのかな……？」

バッとエルゼとリンゼが僕から距離を取る。冗談だってー。

「あのう～、髪が風でバサバサするのでござるが……」

早く紐を返せとばかりに八重が振り向く。あ、忘れてた。

◇　◇　◇

それからいくつかの町を通り過ぎて、出発してから三日がたった。

マップで見ると半分の距離は越えたようだ。行き交う人々も増えてきたように感じる。

僕はと言えば、またしばらく本と睨み合いを続けて、新たにふたつの魔法を習得した。

短時間、接地面の摩擦係数を激減させる魔法と、広範囲における感覚拡張魔法だ。

感覚拡張魔法のいいところは、意識を集中すれば一キロ先の出来事も手に取るようにわかるというところだ。

危険なところに飛び込む前に、見たり聴いたりと、調査できるなら便利だと習得したのだが、女性陣からは、絶対覗きには使うなと釘を刺された。あのな……。

今はその魔法【ロングセンス】で実験的に一キロ先の状況を確認しているのだが……。

おや？

これは……血の臭いか？　伸ばした嗅覚がそれと感じた。視覚を血の臭いがした側へ向ける。飛び込んで来たのは煌びやかで高級そうな馬車、鎧を纏った兵士らしき男たち、そしてそれを取り囲む革鎧を着込んだ多くのリザードマン。一人だけ黒いローブを着た男の姿が見える。

兵士の大半が地面に倒れ、残った者は曲刀や槍を持ったリザードマンたちと切り結び、馬車を護っている。

「八重！　前方で人が魔物に襲われている！　全速力！」

「ッ……！　承知！」

御者台の八重が馬に鞭を入れ、速度を上げる。その間も視覚は繋いだままにしておき、状況を把握しておく。リザードマンに次々と兵士が倒されていく。馬車の中には怪我をした老人と子供がいるみたいだ。まずいな、間に合うか……!?

……見えた！

「【炎よ来たれ、渦巻く螺旋、ファイアストーム】」

荷台のリンゼが炎の呪文を唱えた。数十メートル先にいるリザードマンたちの中心から、炎の竜巻が燃え上がる。

それをきっかけにして、まずエルゼが馬車から飛び出し、次いで僕、八重と、リザードマンたちの横を駆け抜ける馬車から飛び降りた。馬の手綱はリンゼに任せる。

「キシャアアアアッ!!」

駆け抜けた馬車から飛び降りたこちらへ向かって、一匹のリザードマンが駆けて来る。

それに対して僕は覚えたての魔法を使うため、魔力を集中し、発動させた。

「【スリップ】」

リザードマンは足下の摩擦抵抗が無くなったことにより、コントでも見ない勢いで足を高くあげながら、盛大にすっ転んだ。

「グギャッ！」

転んだリザードマンAにとどめを刺しながら、飛びかかってきたリザードマンBを横薙ぎに払う。

その横ではエルゼがリザードマンCの曲刀をガントレットで受け止め、その隙をついて、八重の刃が相手の横腹を切り裂いていた。ナイスコンビネーション。

と、よそ見をしていたら、目の前を氷の槍が飛んで行き、僕の死角から迫っていたリザードマンDの胸を貫いた。リンゼが馬車を停めて参戦してきたらしい。

その勢いのまま、僕たちは次々とリザードマンたちを倒していく。

それにしても敵が多いな……。ずいぶん倒したと思ったんだが……。リザードマン自体は大して強いわけではないが、こうも数が多いと……。

「【闇よ来たれ、我が求むは蜥蜴の戦士、リザードマン】」

リザードマンの奥にいた黒いローブの男がそうつぶやくと、そいつの足下の影から数匹のリザードマンが這い出して来た。なんだありゃ⁉

「冬夜さん、召喚魔法です！　あのローブの男がリザードマンを呼び出してます！」

リンゼが叫ぶ。召喚……闇属性の魔法か。道理でなかなか数が減らないわけだ。魔力に限界がある限り、無限に呼び出せるわけではないだろうが、厄介だ。よし。

「【スリップ】！」

「ぐはっ⁉」

すてーん！　と、ローブの男が勢い良く転ぶ。すぐさま立ち上がろうとするが、ずべしゃっ！　と、また転ぶ。

「ぐうッ……！」

「お覚悟」

神速の速さで飛び込んだ八重が、男の首を飛ばす。うわ……ちょいグロい……。男の首はそのまま地面に落ち、転がっていった。なんまいだぶ。

やがて召喚の主が死んだからか、残りのリザードマンは全部消えていった。たぶん元いた場所に戻るのだろう。

「これで終わりか……。みんな大丈夫か？」

「平気、何ともない」

「わっ、私も大丈夫です」

「拙者も同じく」

僕らは無事だったが、襲われた方は被害甚大だった。兵士のうちの一人が足を引きずりながら僕に声をかけてくる。

「すまん、助かった……」

「いえ、被害は？」

「護衛の十人中、七人がやられた……くそっ、もう少し早く気付いていれば……！」

悔しそうに兵士が握った拳を震わせる。僕らがもう少し早く来ていれば、という気持ちがよぎったが……それは今更だろう。

「誰か！　誰かおらぬか！　爺が……爺が！」

不意に響いた女の子の叫びに、僕らは一斉に振り返る。馬車の扉を開けると、十歳くらいの長い金髪の女の子が、泣きながら叫んでいた。

馬車に駆け寄ると白い服をまとった女の子の他に、黒い礼服を着た白髪の老人が横たわっていた。胸からは血を流し、苦しそうに喘いでいる。

「誰か爺を助けてやってくれ！　胸に……胸に矢が刺さって……！」

涙で顔をぐしゃぐしゃにしながら、懇願する女の子。彼女にとって、よほどこの老人は大切な人なのだろう。兵士たちが老人を馬車から下ろし、草むらに横たえる。

「リンゼ！　回復魔法を！」

「……ダ、ダメです。刺さった矢が倒れた時に折れて、身体に入り込んでしまっています。この状態で回復魔法をかけても異物が体内に残ってしまいます……。それにここまでの怪我は……私の魔法では……」

申し訳なさそうにリンゼが小さくつぶやく。それを聞いた女の子の顔が次第に絶望に染まってゆく。涙が次から次へと溢れ、震える手で老人の手を握り締めた。

「……お嬢様……」

「爺……っ、爺っ……！」

「お別れで……ございます……。お嬢様と過ごした日々……何よりも大切な……私めの……ごふっ……！」

「爺！　もういいからっ……！」

くっ……どうすることもできないのか？　大回復魔法なら試したことはないが、リンゼから借りた魔法書で読んだ。呪文もわかる。おそらくできないことはない……と思う。一か八か試してみるか？

しかし、身体の中に矢が残ったまま魔法をかけると、どんな影響が出るかわからない。傷口が治る反動で、めり込んだ矢が心臓に刺さってしまうおそれも……。

……刺さった矢さえ取り出せ……れば……。そうか！

「ちょっとどいてくれ！」

兵士たちをどかせて、老人の側に膝をつく。馬車に突き刺さっていた別の矢を引き抜き、鏃の形を記憶した。イメージを強く浮かべ、集中する。

「【アポーツ】」

次の瞬間、僕の手の中には血まみれの折れた鏃が握られていた。

「そうか！　身体の中から鏃を引き寄せたのね！」

エルゼが僕の手を見て叫ぶ。でも、まだだ、これで終わりじゃない。

「【光よ来たれ、安らかなる癒し、キュアヒール】」

僕がそうつぶやくと、老人の胸の傷がゆっくりと塞がっていった。まるで録画映像の巻き戻しのように。そして完全に胸の傷は消えた。

「……おや？　痛みが、引いて……？　これはどうしたことか……治って……。治ってますな、痛くない」

「爺っ!!」

不思議そうに起き上がった老人に、がばっと抱きつく女の子。そのままわんわんと泣きじゃくり、困った顔をする老人にいつまでもしがみついていた。それを見ながら僕は安堵の溜息と共に地面に座り込む。

「ふぃー……」

うまくいって本当によかった。

亡くなった兵士七人の遺体を、近くの森へ埋めるのを僕らも手伝った。放置するわけにも連れていくわけにもいかない。

生き残った兵士三人のうち、一番若い兵士が黙々と墓を作り続けた。亡くなった兵士の中には彼の兄もいたらしく、墓を作った僕らに彼は深々と頭を下げていた。

その横で白髪の老人も頭を下げる。

「本当に助かりました。なんとお礼を言ってよいやら……」

「いえ、気にしないで下さい。それより怪我は治っても、流れた血は戻ってないんですから、あまり無理はしないで下さい」

頭を下げ続けるお爺さんに、僕は慌てて声をかける。どうも神様のときもそうだったが、僕はご老人に弱い。

「感謝するぞ、冬夜とやら！　お主は爺の、いや爺だけではない、わらわの命の恩人じゃ！」

偉そうな言葉遣いで、お礼の言葉を発する金髪の少女。苦笑しながらも、この子はおそらく貴族の令嬢なんだろうなあ、と考える。

ザナックさんのところよりもはるかに高級そうな馬車に、多くの護衛兵士、執事らしき老人に、態度のでかい女の子、とくればほぼ間違いないだろう。

「ご挨拶が遅れました。私、オルトリンデ公爵家家令を務めております、レイムと申します。そしてこちらのお方が公爵家令嬢、スゥシィ・エルネア・オルトリンデ様でございます」

「スゥシィ・エルネア・オルトリンデだ！　よろしく頼む！」

公爵？　やっぱり貴族のお嬢様か。道理で。

さもありなん、と納得する僕の横で、双子の姉妹と侍娘が固まっていた。

「……どしたの？」

「どうしたって……なんであんたはそんなに平然としてるのよ！　公爵家よ、公爵！」

「……公爵は、爵位の一番上……他の爵位と違って、その爵位を与えられるのは基本的に王族のみ、です……」

　王族……。え？

「いかにも。わらわの父上、アルフレッド・エルネス・オルトリンデ公爵は国王陛下の弟である」

「ってことは国王の姪(めい)ってことか。すごいな」

「……あんまり冬夜は驚かんのじゃの。大物じゃな」

　え？　後ろを振り返ると双子姉妹と侍娘は両膝(りょうひざ)をつき、頭を下げていた。え、土下座？　そこまでしなきゃダメ？

「えーっと、スゥシィ……様？　僕もああした方がいい……んでしょうか？」

「スゥでよい。公式の場ではないのじゃ、せんでよい。敬語もいらん。さっきも言った通り、冬夜たちはわらわの命の恩人じゃ。本当なら頭を下げるのはこちらの方なのだ。お前たちも顔を上げてくれ」

　スゥがそう言うと三人とも頭を上げて立ち上がった。幾分(いくぶん)か緊張(きんちょう)が解けたようだが、まだ表情に硬さが見える。

「でも、なんでこんなところに公爵のご令嬢が？」

「お祖母様……母上の母上じゃな、のところからの帰りじゃ。ちと、調べ物があっての。ひと月ほど滞在して、王都へ戻る途中じゃった」

「そこを襲われたのか……。単なる盗賊……じゃないよな、やっぱり」

盗賊があんな召喚魔法まで使って襲うってのは、ちょっと考えにくい。それにリザードマンは数多くいたが、実質上は黒いローブの男一人なのである。公爵令嬢を狙っての襲撃と考えた方がしっくりくる。目的は暗殺か、誘拐、そんなところか。

「襲撃者が死んでしまったからの。何者だったのか、誰かの命令で動いていたのか、今となっては闇の中じゃ」

「申し訳これなく……」

八重がシュンとうなだれている。あー、首飛ばしたの八重だっけ。確かに捕まえていろいろ吐かせれば、その背後にある陰謀とかも詳しくわかったのかも知れないが。

「気にするでない。お主には感謝しておるのじゃ。よくぞ倒してくれたとな」

「ありがたきお言葉……かたじけない」

八重がまた深々と頭を下げる。

「それで？　これからスゥシ……スゥはどうするの？」

「そのことなのでございますが……」

傍で控えていたレイムさんが、申し訳なさそうに口を開いた。

「護衛の兵士が半数以上倒れ、このままでは同じような襲撃があった場合、お嬢様をお護りできません。そこで、冬夜さんたちに護衛の仕事を頼みたいのです。お礼は王都へ着きしだい、払わせていただきますのでどうかお願いできないでしょうか？」

「護衛ですか……」

まあ、目的地は同じだし、このまま放置するのも気が引ける。僕的にはかまわないと思うんだけれど、みんなはどうなんだろう。

「いいんじゃない？　どうせ王都へ行くんだし」

「私も、構いません」

「拙者は乗せてもらっている身でござるので、冬夜殿に任せるでござるよ」

どうやら反対意見はないようだ。

「わかりました。お受け致します。王都までよろしくお願いします」

「うむ！　こちらこそよろしく頼む！」

そう言ってスゥは満面の笑みを浮かべた。

馬車が二台続いて行く。前に公爵家の、後ろに僕らの馬車だ。さらに公爵家の馬車の前には、単騎で馬に乗った兵士たちが二人先導している。

残りの一人は現在の事情を伝えるため、公爵家へとスゥの手紙を持ち、馬で先に走っていった。

僕は公爵家の馬車に乗り込み、スゥの直接護衛をすることになった。魔法も剣も使えるため、その方がよいということになったのだ。

慣れない上等なシートに座る僕の正面にスゥ、その隣にレイムさんが座っていた。

「……と、いうわけで騎士モモタローは悪いオーガを見事退治し、多くの財宝を手に入れて、村へ帰ったのです」

「おお！　よかったのう！」

スゥは手を叩いて喜んでいた。こんなので良かったんだろうか。なにか話をしてくれと言われたので、故郷に伝わる英雄譚ということにして、桃太郎を聞かせたのだ。受けるか不安だったが、どうやら気に入ってもらえたらしい。

スゥは子供ながらに妙な言葉遣いをする。なんでもお祖母さんの話し方を真似してたらこうなったらしいが、たぶんそのお祖母さんも身分の高い人なんだろうなあ。

「何か他の話も聞かせてはくれぬか？」

「そうですね……これもむかしむかしのお話なのですが、ある王国の城下町にシンデレラという……」

魔法が普通にある世界で、魔法使いが出てくる話をするとは思わなかったなあ。喜んでくれているみたいだし、まあ、いいか。

その後も知ってる限りの童話を話して聞かせ、果てはあっちの有名マンガや大ヒットアニメ映画まで設定を変えて話す羽目になった。

天空の城を探しに行く！　と言い出したときは正直焦ったが、レイムさんがなだめてくれた。

どうもこのお嬢様は冒険譚がお好きなようだ。変わってる。

そんな僕らを乗せて、馬車は王都へ向けて、北へ北へと進んで行く。

◇◇◇

「おお！　見えてきたぞ！　王都じゃ！」

窓から身を乗り出し、叫ぶスゥ。僕も窓越しに遠くを見てみると、大きな滝を背にそびえ立つ、白いお城と高い城壁が見えた。

王都アレフィス。滝から流れ込むパレット湖のほとりに位置するこの国の首都である。「湖の都」とも呼ばれる。

大陸の西方に位置する、ここベルファスト王国は、過ごしやすい気候と善政をしく国王のおかげで比較的平和な国だ。

ベルファスト王国キルア地方で作られる絹織物は、この世界でも最高級品だと言われる。軽くて柔らかく、丈夫で美しい。貴族階級や他国の王室まで御用達の、この国自慢の産業であり、大事な収入源であるらしい。

そういえばザナックさんの店でもシルクのような服を売ってたっけ。

その国の王都に近づくに連れて、城壁の長さにあらためて驚く。どこまで続いているのかこの壁は。敵の侵入を許さない鉄壁の守り、と言ったところか。鉄製ではないけれど。

街の門のところで、数人の兵士が都へ入るための検問をしていた。しかし僕らはその横を、スゥとレイムさんの顔を見られるだけで、チェックされることなく通過した。顔パスか。それと馬車に描かれた公爵家の紋章の力かもしれない。

　そのまま馬車は城の方へと街中を真っ直ぐ進み、その先にあった大きな川が流れる石造りの長い橋を渡った。橋の中央でも検問所があったが、例のごとくスルー。

「この橋を渡った先が、貴族たちの住居なのでございます」

　レイムさんの解説に、なるほど、と相槌を打つ。庶民エリア、貴族エリアと分かれているわけか。とすると、さっき通ったのが庶民エリアなんだ。

　綺麗で立派な屋敷が建ち並ぶ通りを抜けて、やがて馬車は大きな邸宅の前に出た。敷地の壁がこれまた長い。やっと門前へ辿り着くと、五、六人の門番たちが、重そうな扉をゆっくりと左右に開く。門に描かれた紋章が、馬車と同じ紋章だと今更ながら気付いた。ここが公爵の屋敷か。

　でかい。庭から家からとにかくでかい。なんだこの無駄なでかさは。

　玄関前で馬車が停まり、スゥが扉を勢いよく開けた。

「お帰りなさいませ、お嬢様！」

「うむ！」

　ズラッと並んだメイドさんたちが一斉に頭を下げる。馬車の中でポカンとしていた僕はレイムさんに促され、馬車を降りた。なんか……ものすごく場違いなところへ来てしまったのではないだろうか。

玄関のアーチをくぐると、正面にあった赤い絨毯を敷いた大きな階段から、一人の男性が駆け降りてきた。

「父上！」

「スゥ！」

スゥは男性の下に一直線に駆けて行き、勢いよくその胸に飛び込む。

「良かった。本当に良かった……！」

「大丈夫、わらわはなんともありませぬ。早馬に持たせた手紙にそう書いたではないですか」

「手紙が着いたときは生きた心地がしなかったよ……」

スゥの父上。この人がオルトリンデ公爵、王様の弟か。

明るい金色の髪、がっしりとした強そうな身体はその壮健さを醸し出していた。反して顔は柔和な感じで、優しさを感じさせる。

公爵はやがてスゥから離れると、僕たちの方へ歩み寄って来た。

「……君たちが娘を助けてくれた冒険者たちか。礼を言わなければな。本当に感謝する、ありがとう」

驚いた。そう言って公爵が僕たち四人に頭を下げたのだ。王様の弟が、である。

「頭を上げてください。僕らは当然のことをしただけなんですから」

「そうか。ありがとう。謙虚なんだな、君は」

そう言って公爵は僕の手を握り、握手をしてくれた。

「改めて自己紹介させてもらおう。アルフレッド・エルネス・オルトリンデだ」

「望月冬夜です。あ、冬夜が名前で望月が家名です」

「ほう、イーシェンの生まれかね？」

……何回めだ、このフレーズ。


「なるほど、君たちはギルドの手紙を届ける依頼で王都へ来たのか」

庭に面した二階のテラスで僕らは公爵の前に座り、お茶を楽しんでいた。

「楽しんでいた」のは、主に僕と公爵だけで、あとの三人はガッチガチに緊張していたが。

スゥは席を離れてここにはいない。どこに行ったのだろう。

「その依頼を君たちが受けなければ、スゥは誘拐されていたか、殺されていたかもしれん。依頼した者に感謝だな」

「襲撃して来た者に心当たりはないんですか？」

「ない……とも言えんな。立場上、私のことを邪魔に思っている貴族もいるだろうし。娘を誘拐し、脅して、私を意のままに操ろう……と考えた輩がいたのかもしれん」

公爵は苦い顔で紅茶を口にした。貴族の世界もいろいろあるんだな。

「父上。お待たせしたのじゃ」

テラスにスゥがやってきた。薄桃のフリルが付いたドレスに、金髪を飾るカチューシャには同じく薄桃の薔薇が付いていた。よく似合っている。

「エレンとは話せたかい？」

「うむ。心配させてはいけないので、襲われた件は黙っておいたのじゃ」

スゥが公爵の隣にフワリと座る。間を空けずにレイムさんが紅茶を運んできた。

「エレン？」

「ああ、私の妻だよ。すまないね、娘の恩人なのに姿も現さず……。妻は目が見えないのだよ」

「目が見えないのでござるか？」

八重が心苦しそうに尋ねる。

「五年前に病気でね……一命は取り留めたが、視力を失った」

辛そうに公爵が視線を下げる。それを見て、スゥが自分の手を彼の手の上に重ねた。父親を気遣っているのだろう。優しい子だな。

「……魔法での治療はなされたのです、か？」

「国中の治癒魔法の使い手に声をかけたが……だめだった。怪我などによる肉体の修復はある程度はできる。しかし、病気などによる後遺症までは効果がないらしい」

リンゼの質問に公爵は力なく答える。そうか……治癒魔法でもダメなのか……。【キュアヒール】で治せるんじゃないかと思ったのだが……。こういう場合の無力さが身に染みる。

「お祖父様が生きておられたらのう……」

残念そうにスゥがつぶやく。不思議そうにしていた僕の視線に気付いたのか、公爵が口を開いた。

「妻の父上……スゥの祖父、私の義父は特別な魔法の使い手でね。身体の異常を取り除くことができたんだ。今回スゥが旅に出たのも、義父の魔法をなんとか解明し、習得できないかと考えたからなのだよ」

「お祖父様の魔法なら、母上の目は治るのじゃ。その魔法を使えなくても、詳細がわかれば別系統の魔法で代用できる可能性があると宮廷魔術師殿が言ってたのじゃ。あるいはお祖父様と同じ魔法を使える者が見つかれば……」

悔しそうにスゥは拳を握る。

「それはかなり確率が低いと言ったろう、スゥ。無属性魔法はほとんどが個人魔法だ。同じ魔法を使える者などまずいない。だが、似たような効果を持つ使い手がきっといるさ。私が必ず探し出して……」

「「「あああ──────っっっ！！！」」」

突然横に座っていた三人が立ち上がり、大声をあげた。うおわッ、びっくりした！　なになになに⁉

「冬夜よ！」

「冬夜さんです！」

「冬夜殿でござる！」

「何が⁉」

矢継ぎ早に三人に指を差され、わけがわからず身を引く。なにこれこわい。三人とも興奮のあまりテンションが高くなってませんか⁉

同じようにびっくりしていた公爵父娘も少し引いている。ほらみろ。

「あんたならその魔法、使えるかもしれない！」

「無属性魔法は個人魔法……他の人にはまず使えないものです。ですが！」

「冬夜殿は無属性なら全て使えるではござらぬか！」

「あ？　……あああ――っ！　そういうことか！」

やっとわかった！　そうかそうか、無属性なら！

「どういう……ことだね？　まさか……」

「母上を治せるのか！　冬夜!?」

公爵は信じられないと言った面持ちで、スゥは食い付くように僕の腕を掴んできた。

「正直、使ったことのない魔法です。でもひょっとしたら……。その魔法の固有名と効果を詳しく教えてください」


「あら、お客様ですか？」

ベッドに腰掛ける貴婦人はよくスゥに似ていた。彼女が大きくなったらこうなるんだろうな、と未来を予想させる姿だった。髪の色だけは薄茶色で娘とは違っていたが。

白いブラウスにパステルブルーのスカートがなんとも儚げなイメージを与える。花に例えると薔薇や百合と言うより、かすみ草のような女性だった。年は若く、おそらくまだ二十代だと思われる。

しかしその若さが、見えない目を逆に引き立ててしまう気がした。瞳は開かれてはいたが、視点が定まらないというか、どこを見ているかわからない、そんな状態だったのである。

「望月冬夜と申します。初めましてエレン様」

「初めまして。あなた、この方は?」

「ああ、スゥが出会った大変世話になった人で……お前の話を聞いて、目を診てくださるそうだ」

「目を……?」

「母上、少し楽にして下され」

エレン様の目の前に静かに僕は手をかざす。意識を集中して先ほど習得した魔法を発動させる。頼むぞ、うまくいってくれよ。

「【リカバリー】」

柔らかな光が僕の手のひらからエレン様の目に流れていく。光がゆっくりと消えてから僕は手をどけた。

しばらく宙をさまよっていた視線がだんだんと落ち着いていく。パチパチと瞬(まばた)きをしたかと思うと、顔を公爵とスゥの方へ静かに向けた。

「……見える……見えます。見えますわ、あなた！」

ボロボロとエレン様の目から涙が零(こぼ)れ出す。

「エレン……ッ……！」

「母上ッ!!」

三人は抱きついて泣き始めた。五年ぶりに見る娘と夫を、泣きながら笑いながら、エレン様は見つめ続けていた。愛する娘の顔を、夫の顔を。涙に濡(ぬ)れた瞳で、いつまでも。

そばで見守っていたレイムさんも顔を上に向け、涙を流していた。

「よかったわね……ぐすっ」

「よかった、です……」

「よかったでござるよ〜」

君たちまで泣いてんの!? あれ？ これってなんか、泣いてない僕がなんか酷(ひど)い人間に見えてないか？

一応感動はしてるんだよ？ ただ、もし失敗したらってプレッシャーがあったからさ、安心感のほうが先に来て……。……まあ、いいや。

僕たちはいつまでも泣きながら喜ぶ親娘を、温かく眺めていた。

「君たちには本当に世話になった。感謝してもし切れないほどだ。娘だけではなく妻まで……本当にありがとう」

応接間で公爵が深々と頭を下げる。どうもこういうのは苦手だ。この人に何回頭を下げさせたことやら。

スゥはエレン様の寝室にいる。僕らはこの部屋に通されて、高そうな椅子に座って公爵と対面していた。

「本当に気にしないで下さい。スゥも無事、奥様も治った。それでいいじゃないですか」

「いや、そんなわけにはいかない。君たちにはきちんと礼をしたいのだ。レイム、例のものを持って来てくれ」

「かしこまりました」

レイムさんが銀の盆に何かいろいろなものを載せてやってきた。

「まずはこれを。娘を襲撃者から助けてもらったことと、道中の護衛に対する謝礼だ。受け取って欲しい」

ジャラッとおそらくお金が入った袋を僕に差し出す。

「中に白金貨で四十枚入っている」

「「「!?」」」

他のみんなはわかったようだが僕はイマイチわからない。金貨ならわかるけど、白金貨って?

横で呆然としてるエルゼに声をかける。

「ねえエルゼ、白金貨ってなに?」

「……金貨の上の貨幣よ……。一枚で金貨十枚分……」

「十枚!?」

今まで異世界で生活してきて、だいたい金貨一枚が十万円ぐらいすることがわかっている。えっとそうすると、白金貨一枚で百万円だから……四千万円……うええ!?

「いやっ、これはもらい過ぎですよ!　受け取れません!」

やっと事の重大さに気付いた僕が慌てて受け取りを拒否(きょひ)する。いくらなんでもこんな高額、僕らの手に余る！

「そんなことを言わず受け取って欲しい。君たちがこれから冒険者(ぼうけんしゃ)として活動していくなら、きっとその金は必要になる。その資金だと思えばいい」

「はあ……」

確かに何かと助かるのは事実だ。認めたくはないが、金でしか解決できない問題もある。それに公爵の性格からして、返すと言っても絶対に受けとらないだろう。

「それとこれを君たちに贈ろう」

公爵がテーブルに並べた四枚のメダル。大きさは直径五センチほど。メダルには盾(たて)を中心にライオンが向かい合うレリーフが刻まれていた。あれ、この紋章って……。

「我(わ)が公爵家のメダルだ。これがあれば検問所を素通(すどお)りできるし、貴族しか利用できない施設(しせつ)も使える。なにかあったら公爵家が後ろ盾になるという証(あかし)だよ。君たちの身分証明になってくれる」

もともとは公爵家御用達の商人などに与えられるものらしい。メダルひとつひとつに僕らの名前と、単語が刻んであって、同じものはひとつもないんだそうだ。紛失(ふんしつ)した場合に悪用されるのを防ぐためらしい。

僕のもらったメダルには「平穏」、エルゼのには「情熱」、リンゼのには「博愛」、八重のには「誠実」の文字が刻まれていた。「平穏」って……。まあ、平穏が一番だけどさ。

これは確かに便利かもしれない。またスゥに会いにくるときなどに役に立つだろう。怪しい奴だと検問所で止められたりするのは面倒だし。っていうか、いざとなったら【ゲート】の魔法で直接ここにくればいいのか。

お金の方は十枚ずつ四等分にしてもらった。しかしこれ一枚で金貨十枚、百万円か……。落としたらシャレにならないな。

このまま持って歩くのはさすがに怖いので、みんな一枚だけ手元に残し、残りは公爵経由でギルドに預けておいてもらうことにした。こうすれば、どこの町のギルドでもこのお金が下ろせるようになるらしい。銀行みたいなものか。

とりあえずそろそろおいとましようと、玄関に向かうとスゥとエレン様が見送りに出てきてくれた。

「また遊びにくるのじゃぞ！　絶対じゃからな！」

公爵一家の熱烈な見送りを受けながら、僕らは一路、馬車でザナックさんの手紙を渡す相手、ソードレック子爵の屋敷へと向かった。

「え、依頼の手紙を渡す相手とは、ソードレック子爵でござるか？」

あれ、八重にはそこらへんまだ説明してなかったっけ？　馬車で揺られながら、僕は八重の驚く顔を不思議そうに見ていた。

「知っているの？」

「知っているもなにも……前に話した、拙者の父上が世話になった方というのが子爵殿でござるよ」

そうだったのか。世間は狭いなあ。

ガタゴトと揺られながら、エルゼの操る馬車は豪勢な街並みを走り、やがて公爵に教えてもらったソードレック子爵家の前で停まった。

こう言ったらなんだが、先にあの公爵家を見てしまったので、子爵家はこぢんまりとした印象を受ける。ま、それでも豪邸には違いないのだが。古さというか、歴史を感じさせる趣がある。

王都に住む貴族は、ここ以外にも自分の領地に屋敷を持っているというから、ひょっとしてこっちの方が別荘なんだろうか。

門番にザナックさんの名前を出し、子爵に面会してもらえるように話をつける。しばらくすると屋敷内に通されて、執事らしき人が応接間に案内してくれた。

言ったらなんだが、この部屋も公爵家と比べると……むにゃむにゃ。

部屋で失礼なことを考えながら待っていると、やがて赤毛で壮年の偉丈夫が部屋に現れた。

この人……強いな。服の上からも鍛えた身体付きがわかる。目つきも鋭く、まるで獲物を狙う鷹のようだ。

「私がカルロッサ・ガルン・ソードレックだ。お前たちがザナックの使いか？」

「はい。この手紙を渡すように依頼を受けました。子爵に返事をいただくようにと言付かっています」

ザナックさんから渡された筒に入った手紙を差し出す。子爵はそれを受け取ると、ナイフで蝋封を剥がし、中身を取り出してざっと目を通した。

「少し待て。返事を書く」

そう言って子爵は部屋を出て行った。入れ替わりにメイドさんがやってきて、お茶を僕たちに振舞ってくれたが、このお茶も公爵家と比べると幾分か……いかんいかん。これは相手に失礼だ。公爵家と比べること自体が間違っている。

「待たせたな」

子爵が封をした手紙を手に戻ってきた。

「ではこれをザナックへ渡してくれ。頼んだぞ。それから……」

手紙を僕に差し出しながら、子爵の視線は八重に向けられていた。

「さっきから気になっていたのだが、そこのお前。どこかで……いや、会ったことはないな。しかし……名前は何という？」

首を捻(ひね)りながら、何かを思い出そうとする子爵に、八重が真っ直(す)ぐ目を向けながら、自らの名を名乗る。

「拙者の名は九重八重。九重重兵衛(じゅうべえ)の娘にござる」

「……ココノエ……九重か！　お前、重兵衛殿の娘か！」

子爵は破顔して膝を叩(たた)くと、嬉(うれ)しそうにまじまじと八重の顔を眺め始めた。

「間違いない。若い頃(ころ)の七重(ななえ)殿に瓜(うり)ふたつだ。母親似でよかったなあ！」

愉快(ゆかい)そうに笑う子爵と、なんとも言えない笑顔(えがお)を返す八重。

「あの……八重とはどういう……？」

「ん？　ああ、この子の父親の重兵衛殿は、我がソードレック家の剣術(けんじゅつ)指南役だったのだ。私がまだ若い洟(はな)垂れ小僧(こぞう)だったとき、こっぴどくしごかれたもんだ。いや、あれは厳しかった。もう二十年も前になるのか」

「父上は今まで育てた剣士の中で、子爵殿ほど才気に満ち溢れ、腕が立つ者はいなかったといつも口にしてござる」

「ほほう？　世辞でも嬉しいものだな、師に褒められるというのは」

まんざらでもないようで、にまにまと子爵は笑みを浮かべる。その子爵に向かって真剣な眼差しを向けながら八重は言葉を続けた。

「もし出会うことがあらば、ぜひ一手指南していただけとも、父上は申していたでござる」

「ほう……？」

八重の言葉を聞いて、子爵は面白そうに目を細めた。

え、なんですか、この雰囲気……。

ソードレック子爵家の庭には道場があった。その道場に案内されたとき、僕は思わず目を見張ってしまった。いや、だってこれ、どう見ても日本の剣術道場ですよ。

磨かれた板の間に、壁にかけられた数本の木刀。ちょい待ち、神棚まであるの？

「ここは重兵衛殿が設計して、私の父上が建てた道場でな。イーシェン風に作られている」

「実家の道場とよく似ているでござる。いや、懐かしい」

僕も懐かしいわ。こりゃますますいつか行かねばならないな、イーシェン。

「好きな木刀を選ぶがいい。上から握りが太い順に並んでいる」

道着に着替えた子爵は、帯を直しながら木刀を手に取る。対して八重は、木刀を何本か手に取り、握ってみたり、数回素振りをしながら、そのうちの一本を持って道場の真ん中で子爵と対峙した。

「お前たちの中で回復魔法を使える奴はいるか？」

「……僕と彼女が使えますが」

子爵の言葉に僕が手を上げ、リンゼの方を見る。

「では遠慮することはないな。全力でかかってこい」

そう言い放つ子爵と八重の邪魔にならないように、僕らは道場の端に座る。

その際、ふと思い立って、懐からスマホを取り出した。えーっと確か……。

「……なにしてるんです、か？」

リンゼが不思議そうな顔で尋ねてくる。

「ちょっと後々の参考にね」

そう答える間に、審判役を買って出たエルゼが二人の間に立つ。

互いに準備が完了したのを確認し、声を上げる。

「では――――始め！」

エルゼの声と共に、弾丸のような速さで八重が子爵に斬りかかっていく。子爵はその一撃を真正面から受け止めると、次いで連続で繰り出される八重の剣撃を、すべて自らの木刀で受け流した。

八重は一旦後ろへ飛び下がると、ゆっくりと呼吸を整える。それに対して子爵は自ら攻撃しようとはしない。八重の動きを目で追うだけだ。

じりじりと円を描くように対峙しながら、互いに回りこんでいく。少しずつ少しずつ、距離を縮めていき、一線を越えたところで再び木刀同士が交差する。そしてまた繰り広げられる、激しい打ち合い。

しかし一方的に打ち込み続けているのは八重だけで、子爵の方は、流し、躱し、受け止め、攻撃はしてこない。

「なるほど。わかった」

子爵の木刀が下段に構えられる。八重は正眼に構えたまま、肩で息をしていた。明らかに体力を消耗(しょうもう)している。

「お前の剣は正しい剣だな。模範的(もはんてき)というか、動きに無駄がない。俺(おれ)が重兵衛殿から習ったままの剣だ」

「……それが悪いと？」

「悪くはないさ。だが、お前にそこから上はないな」

「なっ……!?」

子爵の剣が上段に構えられ、今までにない闘気が溢(あふ)れ出す。ビリビリとした気迫(きはく)がこちらの方まで伝わってきた。

「いくぞ」

子爵が大きく一歩踏(ふ)み出したと思ったら、あっという間に八重の間合いまで飛び込んでいた。振(ふ)りかぶった剣が、八重の正面から打ち下ろされる。それを受け止めるため、八重は木刀を頭上に掲(かか)げた。

はずだった。

次の瞬間、音を立てて八重が道場に倒(たお)れた。脇腹(わきばら)を押(お)さえ、呻(うめ)いている。

「そ、そこまで！」

エルゼが試合の終了を告げた。真剣を持っての勝負なら、八重は胴体(どうたい)を真っ二つにされている。

「うぐっ……」

「動かん方がいい。おそらく肋骨が何本か折れている。下手に動くと肺に刺さるぞ。そこのお前、治してやってくれ」

「あ、はい」

僕は苦痛に歪む八重の脇腹に手を翳し、回復魔法をかける。しばらくすると痛みが引いてきたのか、八重の表情も和らいできた。

「……もう大丈夫でござる」

僕に礼を述べると八重は立ち上がり、子爵の前で頭を深々と下げた。

「御指南かたじけなく」

「お前の剣には影がない。虚実織り交ぜ、引いては進み、緩やかにして激しく。正しい剣だけでは道場剣術の域を出ぬ。それが悪いとは言わん。強さとは己次第で違うものなのだからな」

子爵の射貫くような目が八重を貫く。

「お前は剣に何を求める?」

八重は何も答えなかった。黙して、ただ木刀を見つめる。

「まずはそこからだな。されば道も見えてこよう。見えたなら、またここへ来るがいい」

子爵はそう言い残し道場から去っていった。


「まあ、あれよ。あんまり気にしない方がいいって！　勝負は時の運、負ける時はなにやったって負けるんだから！」

「……エルゼ殿……あんまりフォローになってないでござるよ……」

ジトッとした目で八重に睨まれたエルゼは、あははは、と乾いた笑いを返す。

リンゼが馬車を操り、貴族たちの生活エリアから出るため、僕らは検問所へと向かっていた。

「それで八重はこれからどうする？　僕たちはリフレットの町に帰るけど」

「どうするでござるかなあ……」

あ、なんか気が抜けてるな……。窓際族のサラリーマンみたいな雰囲気だ。乗ってる荷台の側面に、頬杖なんかついて、遠くの空なんか見ちゃったりして。

「行く当てがないなら八重もリフレットにおいでよ！　そんでギルドに入って、一緒に組んで、ついでに修行すればいいじゃない！」

ついでって。まあ、エルゼの言わんとしていることはわかる。せっかく仲良くなったんだ、これでお別れはちょっと寂しい。

「それもいいでござるかな……」

「よし！　じゃあ決まりね！」

「強引だなあ……」

　エルゼのたたみかけるような決定に、僕は思わず苦笑いになる。弱気になっている八重につけこんで……いや、彼女なりに心配しているんだろうな、これは。

　そんなことを考えていたら、馬車が検問所に差し掛かっていた。検問をしている兵士たちに、リンゼが公爵家から貰ったメダルをおずおずと見せると、あっさりと通してくれた。おお、すごいな公爵家。

「それにしても世の中は広いでござるな……。あのように強い御仁がいるとは。拙者はまだまだでござる……」

　しみじみとつぶやく八重。まだ引っ張ってるのか……。よほどこたえたんだろうな。

「特に最後の一撃。一体なにが起こったのか……。拙者は確かに頭に下ろされた剣を、受け止めたと思ったのでござるが……剣は横から来た……」

「すごかったよね。あたし横にいたのに全然見えなかったもの。いつの間にか八重が倒れていて」

八重は分析（ぶんせき）するように、エルゼは興奮しながら、その時の様子を語る。

「無念でござる。もう一度あの太刀筋（たちすじ）を見ることができれば……」

「見られるよ？」

「……は？」

あっさりと答えた僕に、八重は間の抜けた顔で目をパチクリさせていた。

懐からスマホを取り出し、さっき録画しておいた試合を、再生して八重に見せる。

「こっ、これはなんでござる!? あっ！ せっ、拙者、拙者がいるでござるよ!? 子爵殿も！ エルゼ殿もいるう！」

「うわあ、なにこれ！ 勝手に動いてる！ あたしここにいるのに！ えっ、これあたしじゃなくてリンゼ!? 違う、リンゼもここにいるよ!? どうなってんのー!?」

「落ち着けい」

「「あいたっ!!」」

パニクる二人の脳天にチョップをかます。あたふたし過ぎ。ちょっと面白かったが。

「これはその時の出来事を記録して、もう一度見られるようにできる僕の無属性魔法……のようなもの。さっきの試合を記録しておいたんだ」

「すごいでござるな！　この魔法は！」

「なんて魔法なの？」

「あー、スマートフォン？」

「すまあとほん……聞いたことない魔法ね。まあ無属性なら仕方ないか」

エルゼが腕を組んで首を捻る。その間も八重はスマホを握りしめて、食い入るように画面を見つめていた。やがて八重が打ち倒されたシーンに差しかかる。

「ここでござる！」

八重の正面から振り下ろされたはずの剣は、なんと初めから胴を狙って振り抜かれていた。あれ？　確かに八重の頭目指して打ち込まれていたはずなのに。

「どういうこと？」

「さあ……？」

僕の横で画面を見ていたエルゼに聞くも、彼女もわけがわからないという風に、首を横に振った。

「とっ、冬夜殿！　これ、もう一度見ることはできるでござるか!?」

「できるよ。何回でも。初めから？　それとも倒される前から？」

「倒される前から！」

ちょちょいと操作して八重に渡す。子爵が八重に迫り、そのまま胴を振り抜く。やっぱり振りかぶってなんかいなかった。でもあの時は確かに……。

「影の剣……」

「影の剣？」

ポツリと八重がつぶやく。

「高めた闘気を剣とする技でござる。幻ゆえ実体はない。しかし、気で作られたものであるから気配はある。それゆえその存在を思わず認識してしまうのでござる。おそらく子爵殿は影の剣を上に、実の剣を横にと分けた。闘気を感じて動けばそれは影の剣。闘気をまとわぬ実の剣は横から。拙者はまんまと引っかかったわけでござるか……」

幻を見せられた……ということだろうか。現実を見てまた落ち込むかと思ったが、八重は薄っすらと笑みを浮かべていた。諦めの笑み……じゃないな、なにかを掴んだか。なんかブツブツ言ってるのがちょいと引くけど。

「拙者の剣には影がない……か。なるほど道理でござる。相手の隙を待つのではなく、相手に隙を作らせる……それもまた……」

「おーい、八重？　大丈夫か？」

「……大丈夫でござるよ。かたじけない冬夜殿。助かったでござる」

晴れやかな顔をした八重からスマホを受け取ると、僕は懐に戻した。ま、立ち直るきっかけになったならよかった。

「拙者、もっともっと修行して強くなるでござるよ。みんなと一緒に」

「そうこなくっちゃ！」

八重とエルゼがハイタッチしながら笑い合う。いいね、青春だね。

「私も交ぜてくださいよう……」

御者台からうらめしそうな声。あ。忘れていたわけじゃないんだよ？　ごめん、リンゼ。

◇　◇　◇

せっかく王都に来たんだから、このまま帰ることはない。お金もかなりあるし、ここはショッピングといきましょう、と決定した。というかされた。女性陣三人に逆らえるわけがないでしょうが。

馬車を宿屋に一時預けて（泊まらない予定なので預かり賃を取られたが）三時間後にこ

こに集合、ということになった。

三人は一緒に行動するみたいだが、僕は別行動を取ることにした。荷物持ちは勘弁だ。それに僕も買いたいものがあったし。

さて、スマホを取り出し、マップで場所を確認、って……広いな……。さすが王都か。検索ってできるのか？　防具、屋、っと……。

検索すると地図上にいくつかのピンが落ち、防具屋の場所を示した。えーっと一番近いのは……目の前？

顔を上げると盾の看板を出した防具屋があった。検索する必要なかったじゃんか……。

中へ入ると様々な盾や鎧、籠手に兜などが置いてあった。奥のカウンターには人の好さそうな店主がにこにこと笑っている。

「いらっしゃいー」

「すいません、ちょっと見せてもらえますか？」

「どうぞどうぞ。手に取ってごらんください」

店主に断りを入れてからじっくりと鎧を眺める。武器はギルドの初依頼の時に刀を買ったが、防具はなんか後回しにしていたんだよね。いい機会だから買ってしまおう。せっかく王都にいるんだから、できればいい物を買いたい。

しかし、どうするかな……。自分は機動力を重視するので、金属製の鎧は向いてないような気がする。全身鎧なんてかなり動きにくそうだ。

と、なると革の鎧とかああいう軽装タイプになるが……。

「すいません、ここで一番いい鎧ってどれですか？　あ、金属製以外で」

「金属製以外ですか？　それならこの斑犀の鎧が一番かと」

「まだらさい？」

「その名の通り斑模様の犀です。その皮から作られたこの鎧は、普通の革の鎧より硬く丈夫ですよ」

　コンコンと叩いてみるが、確かに硬そうだ。

「それでも金属製の鎧よりは下？」

「そりゃあ、まあ……魔力付与の効果でもされてなければ普通、そうなりますよ」

　魔力付与。確か魔法の効果が追加された道具のことだったか。古代遺跡から見つかる価値の高いやつもあるらしいが、遠い東の魔法王国で作られた物も多いらしい。

「魔力付与された防具はここにありますか？」

「うちじゃあ扱ってませんねえ。あの手の物はかなり高価ですから。東通りの『ベルクト』って防具店なら置いてあると思いますが、あそこは貴族御用達ですからねえ」

店の主人は困ったような顔で答える。貴族御用達か。ちょっと無理かなあ。待てよ？

「その店ってこれで入れませんかね？」

「なんです、これは……？　こ、これって公爵家の!?　お客様は公爵家所縁の方で!?」

僕が公爵家から貰った例のメダルを見せると店主が顔色を変えた。

「そういうことでしたら大丈夫だと思います。公爵家が身分を保証してくださるのなら、なんの問題もないでしょう」

手間をかけさせた詫びに、銀貨でチップを払って店を出た。そのままマップを見ながら「ベルクト」へ向かう。

王都を歩いてみてわかったが、人間以外のいろんな人種がいることにあらためて驚く。亜人と呼ばれる彼らは様々な特徴を持った種族がいるが、中でも驚いたのが、獣人の存在だ。

リフレットではまったく見なかったが、ここではちらほらと獣人が目に付く。獣人と言っても人の身体に動物の頭、といった、いわゆるミノタウロスのようなものではない。

例えば目の前から歩いてくるあの狐の獣人の女の子。耳と尻尾以外は普通の人間となんら変わらない。長い金髪の頭の上からピョコッと出た同じ色の耳は先端だけ黒く、逆に膨らんだ大きめの尻尾の先端は白かった。

頭の上にある耳の他に、僕らと同じ位置にも耳があった。メインとサブの使い分けができると確かリンゼが言っていたが、詳しくはわからない。

おや？　なんかあの狐の子、キョロキョロして何かを探しているような……ひょっとして迷子なのか？　ものすごく困った顔をしてるけど。にしても誰も助けてやらないのかな。こっちの世界も都会は冷たいのかねえ。

……よし、声をかけてみよう。

「あの、どうかしましたか？」

「ひゃ、ひゃい！　なんでしゅか⁉」

あ、噛んだ。目を見開いてこちらを見てる。落ち着いてください、怪しい者ではありません。……怪しくないよね、たぶん。ここまで怯えられると自信を無くすな。

「いえ、何か困っている様子だったので。どうしたのかな、と」

「あっ、あの、あのわた、私、連れの者とはぐれてしまって……」

やっぱり迷子か。

「はっ、はぐれたときのために、待ち合わせの場所を決めといたんですけど、その場所がっ、どこかもわからなくて……」

しゅんとして声が小さくなる狐さん。耳や尻尾も心なしか力なく垂れ下がっているように見える。

「待ち合わせの場所は？」

「えっと……確か『ルカ』って魔法屋です」

魔法屋「ルカ」ね。スマホを取り出しマップ検索。あったあった。『ベルクト』の途中にある店だな、ちょうどいい。

「その店なら案内しますよ。僕も同じ方向へ行くとこだったので」

「本当ですかっ⁉　ありがとうございましゅ！」

あ、また噛んだ。なんか和むなこの子。エルゼたちより年下かな。十二、三歳ってとこかな。

連れ立ってマップに従い、通りを歩いて行く。彼女の名前はアルマというんだそうだ。

「冬夜さんは観光で王都に？」

「いや、仕事でね。もう終わったけど。アルマは？」

「私もお姉ちゃんの仕事でついて来たんです。王都が見てみたくて」

にこやかに笑うアルマ。さっきまでの表情が嘘みたいだな。

たわいない話をしながら、しばらくすると魔法屋が見えてきた。と、その店の前で佇む獣人の女の人が一人。彼女はこちらに気付くと足早に駆けてきた。

「アルマ！」

「あ、お姉ちゃん！」

たたたっ、とアルマは駆け寄ると姉らしき人の胸に飛び込んだ。女の人もぎゅっと抱きしめる。当たり前だけど、お姉さんも狐の獣人なんだな。アルマより年上だから大人っぽいけど。凛とした雰囲気はなんとなく軍人みたいな印象を受ける。

「心配したのよ！　急にはぐれるから……！」

「ごめんなさい……。でも冬夜さんがここまで連れてきてくれたから大丈夫だったよ」

そのときになって初めて僕の存在に気がついた彼女は深々と頭を下げてきた。

「妹がお世話になりました。感謝します」

「いえいえ、会えてよかったです」

ぜひ礼を、と言われたが、用事があるので、と断った。たかがこれくらい、そこまでされるほどじゃない。挨拶もそこそこに僕はその場を去った。アルマはいつまでも手を振っていた。

二人と別れ、「ベルクト」に近づくにつれて、だんだんと周りの建物や店が洒落た造りになってきたような気がする。しばらくするとその店が見えてきた。

「うわあ、高そう……」

格式がありそうな煉瓦(れんが)造りの店構えに、ちょっと気後(きおく)れする。いかにもブランド店と言った感じだ。

やっぱり場違(ばちが)いかなあ。門前払(もんぜんばら)いされたりして。まあ、門番とかはいないけど。仕方ない、いつまでもここにいるわけにはいかないし、とにかく入ってみよう。

豪奢(ごうしゃ)な造りの扉(とびら)を開けて中へ入ると、すぐさま若い女性の店員さんが声をかけてきた。

「いらっしゃいませ、ベルクトへようこそ。お客様は当店を初めてご利用でございますか？」

「あ、はい。初めてです」

「それではなにか、お客様のご身分をどなたかが証明する物、もしくはどちらかからの紹介状(しょうかいじょう)などをお持ちでしょうか？」

なるほど、一見(いちげん)さんお断りというわけか。誰かからの紹介がなければいけないってことなのかな。僕は懐から公爵家のメダルを取り出して、それを店員さんに見せる。お姉さんはさっきの防具屋の店主のように動揺(どうよう)することもなく、深々と頭を下げた。

「確認いたしました。ありがとうございます。それで本日はどのようなご用件でしょうか？」

「魔力付与のされた防具を見せて欲しいのですが」

「かしこまりました。こちらへどうぞ」

お姉さんに案内されて、店の奥のコーナーに辿り着くと、そこには煌びやかな輝きを放つ鎧から、一見なんの変哲もない、安そうな革手袋まで様々なものが置いてあった。

「これ全部魔力付与されているんですか？」

「はい。例えばこちらの『銀鏡の盾』は攻撃魔法反射の付与が、そちらの『剛力の籠手』には筋力増加の付与が施されております」

……確かになにか魔力を感じるな。はて？　いつの間に僕は魔力なんてものを感じられるようになったのか。ま、たぶん神様効果だろう。深く考えるのはよそう。

「それでお客様のご希望はどのような物を？」

「あ、金属製じゃない……というか、重くなくて、それでいて丈夫な防具が欲しいんですけど」

「そうですね……でしたらこちらの革のジャケットはどうでしょう。耐刃、耐炎、耐雷の魔力付与がされております」

うーん、悪くはないんだけど……デザインが……。ラメ入りはちょっと派手だと思う。あと背中の竜の刺繍も正直言って恥ずかしい。

ふと店の隅にかけられていた白いコートに目を留める。襟と袖にファーが付いたロングコートだ。

「こちらは？」

「こちらには耐刃、耐熱、耐寒、耐撃、加えて非常に高い攻撃魔法に対する耐魔の付与が施されておりますが、少々問題がありまして……」

「問題？」

「耐魔の効果は、装備されたその方の属性しか、発揮しないのでございます。それどころか、逆に持っていない属性のダメージは倍加するといった有様で……」

……つまり火属性を持った者には、優れた耐炎効果を発揮するが、そいつが風属性の適性を持っていない場合は、耐雷効果が発揮しないばかりか逆に大ダメージをくらう……と、こういうわけか。

諸刃の剣だなあ。例えば炎の魔物とか一属性の相手と戦うときなんかは有利だろうが、多属性の相手と戦うにはリスクが大きすぎる。

ま、僕には関係ないけど！　全属性の適性ありますんで。

「試着してみていいですか？」

「どうぞ」

コートを手に取り、触り心地を確かめながら、とりあえず着てみる。うん、サイズ的には問題ない。軽く動いてみるが、動きが妨害されることもなく、違和感もないな。気に入った。

「これ、いくらですか？」

「こちらは少しお安くなっておりまして、金貨八枚になります」

だいたい八十万円か。安くなってこれか。高いなあー。でも効果を考えたらこの金額でもアリなのかな。金銭感覚がおかしくなってくるな……。

「じゃあ、これください。お代はこれで」

「白金貨ですね。少々お待ちください」

お姉さんがカウンターへ戻り、銀盆の上に二枚の金貨を持ってやってきた。僕はそれを受け取ると自分の財布に入れて、店の出口へ向かう。

「ありがとうございました。またのご来店をお待ちしております」

頭を下げるお姉さんに見送られながら『ベルクト』をあとにする。いい防具を入手できた。ちょっと高かったけど……。

コートを買ったあと、近くの飲食店に入って軽く食事をし、引き返して魔法屋「ルカ」に寄った。アルマたちはもういなかったが。

店の中を物色し、目に留まった無属性関連の本を買う。六属性の場合はこういった魔法屋から魔法書を買い、呪文を覚え、練習をして、自分の物にしていくのだが、無属性魔法は個人魔法。そういった魔法書はまずない。

しかし、今まで世に出た珍しい魔法を網羅した、おもしろ魔法辞典みたいな物があるのだ。これが、当然というかほぼ無属性魔法。僕にとっては宝の山である。

しかも値段がたいして高くない。そりゃそうだ。魔法を覚えるための本じゃないんだから。あくまで娯楽本だからな。

あとは宿屋のミカさんにお土産として、クッキーの詰め合わせを買って、みんなとの待ち合わせ場所に戻ることにした。そろそろ陽も暮れる。

「あ、やっと来た。おーそーいー！」

「あれ？　みんな早いね？　まだ集合時間じゃないのに」

宿屋の馬車の前で、荷台にかなりの荷物を乗せて三人が待っていた。君たちどれだけ買ったんですか。

「あらー？　なによ冬夜、コートなんか着ちゃってー」

からかうような口調で、エルゼが僕を品定めするように眺める。

「あ、これ魔力付与がかけられたコートなんだ。全属性の攻撃魔法軽減。他に耐刃、耐熱、耐寒、耐撃効果」

「全属性軽減ってすごいですね……。いくらしたんですか？」

「金貨八枚」

「高っ！　……でも効果を考えたら高い金額でもないのかしら……」

どうやらエルゼも金銭感覚が狂いつつあるようだ。

みんな揃ったので、僕たちは馬車に乗り込み、出発することにした。手綱は八重が握り、僕は女性陣の荷物で荷台が狭そうだったので、御者台の八重の隣に座る。

ここから【ゲート】を使って、すぐリフレットに帰ってもいいのだが、目立つのは避けたい。とりあえず王都を出てから移動しようということになった。

王都を出るときはメダルを出すこともなく、簡単に通ることができた。そのまましばらく馬車を走らせて、王都が小さく見えるくらいに離れると、八重に馬車を停めさせる。

「こんなところで、どうするのでござるか？」

【ゲート】のことを知らない八重が不思議そうに尋ねてくる。

「町中に出るより少し前の街道に出たほうがいいかな？」

「そうね、その方がいいと思う」

エルゼの言葉を聞きながら、僕は出現現場のイメージを浮かべながら魔力を集中させた。

「【ゲート】」

目の前に光の門が現れる。それを馬車が通り抜けられるくらいの大きさに変形させた。

「なっ、なんでござる⁉　これは⁉」

「はい、進んで進んで」

狼狽する八重を急かして馬車を進ませる。光の門をくぐると、ちょうど大きな夕陽がリフレットの西側の山に沈んでいくところだった。

「やっぱり便利よねえ。この魔法」

「馬車で五日の距離が一瞬ですものね」

「一度行ったところじゃないと行けないってのが難だけどなー」

「だから、なにが、どうなっているのでござるか⁉」

まだ状況を把握してない八重をよそに、僕らは帰って来たという安堵感に満たされていた。

とりあえずもう暗くなってきているので、ザナックさんへの報告は明日にしようということになった。

「銀月」の前で馬車を停め、ミカさんに帰ってきた報告をしようと僕らは店の中へ入った。当たり前だけど「銀月」は出発したときと何も変わらなかった。そりゃそうだ、たかだか五日、六日でなにか変わるわけがない。しかし、扉を開けた宿の中には、いつもと変わったところがあった。

「いらっしゃい。お泊まりで？」

僕らをカウンターの奥から、がっしりとした身体付き(からだつき)の赤毛の髭男(ひげおとこ)が出迎(でむか)えたのである。

……え？　誰？

「……えーっと、僕らはここに泊まってて……仕事から帰ってきたんですが……」

「ああ、泊まってるお客さんたちかい。すまんな、見たことなかったもんで」

「あの、ミカさんは？」

「あれ？　みんな帰ってきたの？　ずいぶんと早かったね」

厨房(ちゅうぼう)からエプロンをしたままのミカさんが現れた。

「ミカさん、この人は？」

「ああ、会ったこと無かったっけ。うちの父さんだよ。あなたたちと入れ替わりで遠方の仕入れから帰って来たの」

「ドランだ。よろしくな」

「はあ……」

差し出された手を反射的に握る。確かに髪の毛の色とかは似ているな。性格も似ていそうだが。どっちも細かいことは気にしないって感じがする。顔まで似ないで良かったと思う。

ドランさんは南の方に調味料などの買い出しに行ってたそうだ。この辺じゃ塩や胡椒などはあまり採れないから、一度に他の店の人たちの分まで大量に買ってくるらしい。

「あ、じゃあドランさん、この子の部屋をお願いします」

「あいよ」

八重の背を押してカウンターに向かわせる。彼女が手続きをしている間に、僕らは部屋へ荷物を運んでいく。エルゼは馬車を返してくると出て行った。

「あ、ミカさん、これお土産」

「あら、ありがとう。王都はどうだった？」

「大きかった。あと人が多かった」

お土産のクッキーを渡し、ミカさんの質問に笑いながら端的に答える。

正直すぐ戻って来たからなー。一日もいなかったし。【ゲート】を使えばいつだってまた行けるから、次に行ったときはいろいろ見物しよう。

無事の帰還を祝ってミカさんが夕食をご馳走にしてくれた。出されたいろいろな料理を僕らもけっこう食べたが、その数倍八重は食べていた。燃費の悪い子だよ、まったく。ミカさんもドランさんも呆れていたし。

その後八重だけは食費代を宿泊代に追加されることになった。さもありなん。

第三章　水晶の怪物

翌日、依頼を完了させるべく、僕らはザナックさんの店へとやってきた。あまりにも早い帰還にザナックさんは驚いていたが、僕が【ゲート】の魔法を使えると話したら納得してくれた。転移魔法の使い手は多くはないが、存在自体は知られている。

「これがソードレック子爵からの返信の手紙です」

ザナックさんは僕が受け取ってきた手紙を手にして、封を確認してから中身を取り出し、軽く目を通した。

「確かに。お疲れさまでした」

「それとこれを。交通費の半分です。使わなかったのでお返しします」

僕は袋に入ったままのお金を差し出した。

「律儀だね、君は。【ゲート】のこととかを黙っていれば、この金を返すこともなかっただろうに」

「こういった仕事は信頼が一番ですから。ザナックさんも商人ならわかるでしょう？」

「……そうだね。信頼こそ商売人の財産だ。それなくして商売は成り立たない。それを踏みにじればいつか自分に返ってくる」

そう言ってザナックさんは、お金の入った袋を受け取ってくれた。

そして依頼完了の証拠（しょうこ）に、ギルド指定のナンバーが打たれたカードを渡してくれた。あとはこれをギルドに提出すれば報酬（ほうしゅう）が貰える。

ザナックさんに礼を告げて店を出る。そのまま今度はギルドへと向かった。

ギルドの中へ入ると、相変わらず依頼のボードとにらめっこしてる人たちがたくさんいた。初めてのギルドに八重（やえ）はキョロキョロしながらも、僕らと一緒に受付のカウンターへ向かう。

そしてザナックさんに貰ったカードを職員さんに手渡（てわた）し、依頼完了の報告。

「ギルドカードの提出をお願いします」

差し出された僕ら三人のカードに、職員さんはポンポンポンと魔力のハンコを押していく。

「それではこちらが報酬の銀貨七枚です。依頼完了お疲れ様でした」

カウンターに置かれた報酬を受け取りながら、後ろにいた八重を受付に呼ぶ。

「すいません、あとこの子のギルド登録をお願いしたいのですが」

「登録ですか？　かしこまりました」

八重が登録の説明を受けているうちに僕らは報酬をそれぞれ二枚ずつ分け、残りの一枚はあとでみんなの食事代にしようと決めた。

「しかし、あれよね……。報酬の銀貨二枚が少なく感じちゃうのは悪い傾向よね」

「だねえ。白金貨とかもらっちゃうと金銭感覚がおかしくなる」

ボソッとエルゼが発した呟きに、苦笑しながら答える。

公爵からもらったあのお金は予定外のお金だ。なるべく頼らないで生活しないとな。

「登録したでござるよ～」

嬉しそうに八重がカードを振りながらやってくる。僕らと違って初心者の黒いカードだ。

みんなとの色の違いに、ちょっと残念そうな顔をする八重。けれどまだ僕らも低レベルだし、依頼をこなしていけばそのうち差は埋まっていくだろう。

さっそく依頼を受けたいと八重が言うので、僕らも依頼ボードの前に行く。

ギルドカードの色が違う者同士が組んでるときは、高い方の色の者が過半数いれば、その色の依頼を受けることができる。だから黒の八重がいても、紫の依頼書を受けるのになんの問題もない。

みんなで貼られた依頼書を読んでいく。

「北の廃墟……討伐、メガ……スライム？　まだこの依頼あったのか。ねえ、これ……」

「「「ダメ」」」

　またユニゾンで拒否ですか。そうですか。一人増えたよ。どうやら八重もヌルヌルネバネバが苦手らしい。惜しい……。

　結局、タイガーベアという虎だか熊だかわからない魔獣の討伐を選んだ。棲息している場所が、【ゲート】を使えば少し歩くだけで行ける距離だったので。じゃあ向かうとするか。


　結論から言うと、タイガーベアは虎縞の大きな熊だった。あ、あと牙がサーベルタイガーみたいだったな。

　岩山に棲んでいて、いきなり襲いかかってきたときは驚いたが、ほとんど八重が一人で倒した。

　倒した証拠にタイガーベアの牙を折り、また【ゲート】を使ってギルドに戻った。そして牙を提出し、依頼完了。依頼を受けてからここまで二時間。で、銀貨十二枚ゲット。早いにもほどがある。

　きちんと現地で討伐したのか聞かれたが、僕が転移魔法を使えることをこっそりと教えると納得してくれた。冒険者の中にも転移魔法を使える人は何人かいるんだそうだ。それぞれなにかしら制約はあるようだけど。僕の【ゲート】みたいに「一度行ったところしか転移できない」というように。

　まだ時間があるからもう一件受けよう、という八重をなだめて、食事に行くことにした。さすがに連戦はちょっとね。

　喫茶店「パレント」でザナックさんの依頼完了&八重のギルド登録&初討伐を祝う。それぞれ軽めの食事と飲み物、それから全員バニラアイスを頼んだ。初めて食べるアイスに八重は驚いていたが、すぐにパクパクと食べ出した。

　帰り際、アエルさんにまたなにかメニューを考えてくれと頼まれた。今度はどういったものがいいかねー。帰ったら何か検索してみようかな。

◇　◇　◇

　王都帰還から二週間がたった。外は雨。三日前から降り始め、まだ降り続けている。この世界にも梅雨の季節みたいなものがあるらしいが、今はその季節ではないそうなので、ただの長雨らしい。

雨がやむまでギルドの仕事はお休み。と、いうわけで、僕は魔法のお勉強なわけです。

まあ、王都で買った本から、使えそうな無属性魔法をピックアップしているだけですが。

五百ページくらい……全体の三分の一くらい読み進んだが、使えそうな魔法はたったの四つ。一ページにだいたい五十くらいの魔法が載っているから、全部で二万五千……。そのうち使えそうなのは二万五千分の四だから〜……六千二百五十分の一……か。

ピックアップしたのは、

魔法の効果を物質に付与する【エンチャント】、
相手を麻痺させて動けなくする【パラライズ】、
鉱物や木製品の形状を造り変える【モデリング】、
自分の求めるものを捜索できる【サーチ】、
の四つである。
このうち【モデリング】と【サーチ】はかなり役に立った。まあ、いろいろと不都合もあるが。

【モデリング】は物質を思い浮かべたものに造り変える造形術だが、慣れないとけっこう時間がかかる上、（パッとはいかない）イメージがしっかりしてないと変な物ができる。試しにちょっと将棋盤を作ってみたのだが、盤の方はマス目が一列多く、駒の方はサイズが大きくてマス目からはみ出してしまった。

かなりイメージを細かく浮かべないと難しい。実物を見ながらだと割と上手くできるので、スマホで将棋盤を画像検索して、それを見ながらなんとか完成させたが。

【サーチ】の方は落とし物などをしたときに便利かと思って習得したのだが、実はこの魔法、かなり大雑把な検索もできることがわかった。

僕はこの世界にはバニラがないと思っていたのだが、試しに市場で検索してみたところ、あっさり見つかった。

それは僕が知ってるバニラではなく、「ココ」というプチトマトのようななんか変わった実だった。しかし、味や香りはバニラそのものであり、充分代用できるものだったのである。

名前や形が違っても、僕が「バニラ」と判断できるものがヒットするらしい。ホント、大雑把だ。

ただ、これも欠点があって、有効範囲が狭い。だいたい半径五十メートルくらい。人捜しにはイマイチ使いにくそうだ。

「お腹すいたな……」

時間を確認するとお昼をとっくに過ぎていた。道理で。

本をしまい、部屋に鍵をかけて宿の階段を降りる。食堂にはドランさんと「武器屋熊八」の店主、バラルさんが対面して座っていた。二人の間にあるものは、木製でマス目がついた盤。

「また将棋ですか」

「おう」

盤上に釘付けで、こちらを見もせずに返事するドランさんに、呆れた僕は苦笑いする。

【モデリング】のテストに作ってみた将棋だが、これに一番興味を持ったのが宿屋のドランさんだった。ルールを教えると、その面白さに見事にハマり、知り合いを引っ張りこんでまでの熱中さである。同じようにバラルさんもハマり、暇さえあればこの二人はパチパチやっていた。

まあ、正直バラルさんがハマってくれて助かった。それまでは対戦相手が僕しかおらず、何度付き合わされたことか。

僕は将棋のルールは知っててもそれほど強くはない。そんなにやり込んだわけじゃないし。初めのうちは勝てたけど、今じゃドランさんの相手にならない。好きこそ物の上手なれ、とはよく言ったもんだ。

厨房にいたミカさんに昼食を頼む。僕は二人の邪魔にならないよう食堂の少し離れた席に座った。

「バラルさん、お店の方はいいんですか？」

「この雨じゃ客もたいしてこないからな。女房にまかせてきた。それより冬夜さん、将棋盤、もう一セット作ってもらえないか？」

「え？　バラルさんの分はもうあげましたよね？」

家でも練習したいというバラルさんに、こないだ一セット作り、渡したばかりだったのだが。

「道具屋のシモンが自分も欲しいって言い出してさ。頼むよ」

「まあ、いいですけど……」

誰か器用な人に作ってもらえばいいんじゃ……と、思ったが、キチンと作ろうとしたらけっこう手間がかかるか。

「いや、ありがとう。これで、」

「王手」

「ぬっ⁉」

腕(うで)を組み、盤上を睨(にら)み続けていたドランさんの言葉に、今度はバラルさんが腕を組み、盤上を睨みだした。ホント、ハマってるなあ。ここまでとは思わなかった。

そんなことを考えていると、ミカさんが僕の昼食を持ってやってきた。

「はいよー、お待たせ。父さんたちもいい加減にしなよー」

「わりぃ。この一番だけな」

拝むような仕草でドランさんがミカさんに顔を向ける。まあ、雨が降らなけりゃ、二人だって昼日中、こんなにやり込んでいない。長雨を言い訳にして、という考えもあるが。

ミカさんが持ってきた昼食は山菜パスタとトマトスープ、それにリンゴが二切れ。

「そういやミカさん、他のみんなは？」

「リンゼちゃんは部屋にいると思うけど、エルゼちゃんと八重ちゃんは出かけたよ」

「この雨の中を？」

「パレント新作のお菓子(かし)を買いに行ったの」

ああ、あれか。せっかくバニラもどきを見つけたんで、なにかできないかとアエルさんと話して、バニラロールケーキを作ってみたのだ。

ま、僕はレシピと作り方を教えただけで、ほぼ見てただけですが。でも、これがまた美味かった。調子に乗って苺ロールケーキも作ってもらった。

その話をエルゼらにしたら、なぜ持って帰ってこないと、首を絞められた。理不尽だ。

その新作が今日から売り出されることになってたのだ。……だからってこの雨の中を行かんでも。

スイーツの執念恐るべし。

「ただいまー。うあー、濡れたー」

「ただいまでござる」

おっと噂をすればなんとやら、お二人のご帰還だ。差していた傘をたたみ、入り口に立てかける。

こちらの世界にはビニール傘なんてものがない。傘自体はあるのだが、使われているものは基本的に布と木だ。それでもそれに木の樹脂などを染み込ませて、撥水効果を上げたりして工夫を凝らしている。

「おかえり。買えた？」

「ばっちり。雨で逆に人が少なかったから助かったわー」

エルゼが袋を持ち上げて見せる。いい笑顔だな、まったく。

「美味かったでござる」

「ねー」

食べてもきたのか。どんだけだよ。

「はいこれ、ミカさんの分」

「ありがとさん。お金はあとで払うから」

エルゼは袋から計四つの白い箱を出して、そのうちの一つをミカさんに手渡した。ちゃっかりミカさんも頼んでたわけだ。

「残りのは？」

「一つはリンゼの、もう一つは私たちのよ。残りの一つは公爵様に届けて」

「え？　僕が？」

って言うか、君らまだ食うの⁉

「あんた以外にこの雨の中、誰が王都まで行けるのよ。お世話になった相手にお裾分け、常識でしょう？」

なら君らも来ればいいじゃん、と返したら、畏れ多いと断られた。なんだよ、それー。

仕方ない、行って来るか。物が物だけに、早めに食べてもらった方がいいしな。

と、そうだ。公爵へのお土産に将棋も持っていくか。

ドランさんに断りを入れて、裏庭に積んである廃材を使わせてもらう。【モデリング】を発動させ、将棋盤と駒を二セット作る。もう何回も作ったから慣れたもんだ。

十分ほどで出来上がる。一応、チェックしとこう。うん、大丈夫だろ。前に飛車を一つ多く作ってしまったことがあるからな。

食堂に戻り、バラルさんに一セット渡す。ロールケーキと駒の入った箱を袋に入れて、将棋盤を脇に抱えた。

「じゃあ、行ってきます」

傘を持って、【ゲート】で移動するために裏庭へ再び向かった。なるべく目立たない方がいいし。

出口は……屋敷の門の陰でいいか。

「【ゲート】」

「うまあ！　これうまあ！」

「はしたないですよ、スゥ。でもホントに美味しいわ。このロールケーキというの」

エレン様とスゥは大喜びでロールケーキを食べている。持ってきた甲斐があったな。公

爵も唸りながら食べている。

「いや、これをいつでも食べられるとは、リフレットの人たちが羨ましいな。君みたいに【ゲート】が使えれば毎日買いに行くんだが」

「よろしければ、レシピと作り方を屋敷の料理人に教えますよ。秘密ってわけでもないんで」

「本当か、冬夜！　母上、これから毎日食べられるのじゃ！」

僕の言葉に異常反応したのはスゥだった。おい、よだれ出てるよ、公爵令嬢。

「もう、スゥったら。毎日食べていたら太ってしまいますよ。一日おきにしておきなさい」

ころころと笑いながら公爵夫人のツッコミ。一日おきでもあんまり変わらない気が。次に来たとき、スゥがものすごく太っていたら、ちょっと罪悪感を感じるぞ……。

「それで、これが将棋というものかね？」

「はい。二人でやるゲーム……遊びなのですが、やってみますか？」

公爵が将棋盤と駒を眺める前で、僕は自陣に駒を並べていく。

「父上！　わらわも！」

「まあ、待ちなさい。まずは私からだ」

公爵が僕の真似をしながら自陣に駒を並べていく。あ、飛車と角の位置が逆。

「まず、駒の動かし方ですね。これは『歩』と言いまして、兵士を表しています。前にひとつだけしか進めませんが、相手の陣地に入ると――――」

「ふむ……」

駒の動き方を公爵は次々と覚えていく。なかなか覚えが早い。これならすぐに上達するだろう。

だが、僕がそれを後悔するのにそう時間はかからなかった……。


「もう一局！　もう一局だけやろう！　次で終わりにするから！」

そのセリフさっきも聞きました……。結果、公爵もドランさんと同じようにハマってしまい、延々と僕は勝負に付き合わされた。もうすっかり夜になってるんですけど……。待ちくたびれて、ソファでスゥが寝ちゃってるし。

あらためて思ったが、この世界って娯楽が少ないんだよなー。だからこんな感じになるのかしら。

「これは面白いな。兄上にもやらせてみたい！」

深夜になってやっと解放された僕の前で、公爵がとんでもないことを言い出した。まさかと思うが、国王様までハマらないだろうな。将棋で国政ほったらかしとか無しだぞ……。

あ、雨上がってら。

「八重、そっちに行ったぞ！」

「承知！」

崩れかかった城壁を盾にして、そいつは僕の視界から消える。

壁越しに響く金属音。僕が城壁を回り込むと、そいつは八重と切り結んでいた。

漆黒の騎士鎧に禍々しい大剣。巨大な体躯はその力強さを滲み出している。それを支える両足は大地を捉えて離さず、大剣を振るう両腕には慈悲の欠片も見当たらなかった。

いや、慈悲などという感情は、すでにないのかもしれない。その暗黒の騎士には首がないのだから。

デュラハン。断頭台で無念の死を遂げた騎士が、自らに合う首を探して彷徨い、人の首を狩り続けるという魔物。元いた世界と伝承が違うが、それが今回の討伐相手。

八重と挟み撃ちの形でデュラハンと対峙する。八重に目で合図を送り、僕が立てた人差し指と中指に光の魔力が集まるのを確認すると、彼女は素早くその場から離れた。

「【光よ穿て、輝く聖槍、シャイニングジャベリン】」

デュラハンに向けた指先から、眩い光を放つ槍が真っ直ぐに飛んでいく。その槍は確実に左肩を貫き、黒い腕が千切れ飛んだ。

しかし、その傷口から人間のように血液が飛び散るようなことはない。血の代わりに傷口から黒い瘴気を漂わせながら、残った右腕で構えた大剣をこっちに振り下ろしてきた。

そのタイミングで横から飛び込んだ影が、首無し騎士の脇腹を拳で抉る。そのまま影は体勢を崩した相手に、鋭い回し蹴りを炸裂させた。

「エルゼ！　一角狼の方は⁉」

「なんとか片付けた！　ったく二十匹近くいたわよ、もう！」

遠くからリンゼも駆けてくる。よし、ここからが本番だ。

思いがけないエルゼの攻撃に、一瞬よろめいたデュラハンだったが、すぐさまその大剣を襲った相手の首めがけ横に薙ぐ。エルゼはそれをしゃがんで躱し、そのまま前転を繰り返して僕の方へ転がってきた。

「【炎よ来たれ、煉獄の火球、ファイアボール】」

リンゼの放った火の玉がデュラハンの背中に命中する。その隙を突いて、八重の剣閃が煌めくが、振りかざした大剣に阻まれてしまう。

「しぶといな！　持久戦になったらまずそうだ」

向こうと違って、こちらはあの大剣を一度でもまともに喰らったら、おそらく即死、良くて腕一本なくすってところだろう。

デュラハンはすでに生命を無くした、死せる者、いわゆるアンデッドだ。アンデッドは総じて光属性の魔法に極端に弱い。光属性はリンゼも使えるが、彼女はそれほど得意ではなかった。僕がやるしかない。……あれでいくか。

「リンゼ！　氷の魔法であいつの足を止めてくれ。数秒でいい！」

「え？　わ、わかりました！」

それを聞いて、八重とエルゼが動き出す。デュラハンの気を引き、僕とリンゼから注意を逸らさせるためだ。わかってるう、僕らのチームワークはなかなかだ。

「【氷よ絡め、氷結の呪縛、アイスバインド】」

リンゼの魔法が発動し、デュラハンの足下が瞬く間に凍りついていく。その呪縛から逃れようと、首無し騎士が両足に力を込めると氷にヒビが入り、少しずつ剥がれ始めた。そうはいくか。

「【マルチプル】！」

僕の無属性魔法が発動する。僕の周りに四つの魔法陣が宙に浮かび上がった。次いで光属性の魔法を唱える。

「【光よ穿て、輝く聖槍、シャイニングジャベリン】」

直後、四つの魔法陣から光の槍が四本、勢いよく飛び出した。槍は一直線に全てデュラハンへと向かっていく。連続詠唱を省略し、同時発動を可能にする無属性魔法。それが【マルチプル】だ。

襲い来る光の槍に、首無し騎士はなんとか逃れようとしたが、リンゼの氷がそれを許さない。

全身に全ての光を受けて、デュラハンは右腕を失い、脇腹を失い、左足を失い、そして、胸を失ってゆっくりと倒れた。

ボロボロになった鎧の中から真っ黒い瘴気が溢れ出し、風に散っていく。

首無し騎士が動き出すことは、もうなかった。

「片付いたわね」

「疲れたでござるー」

エルゼが安堵のつぶやきを洩らし、八重が地べたにペタンと座る。無理もない。ほとんどの攻撃を躱し続け、ずっとデュラハンの相手をしていたのは彼女なのだから。

「一角狼の大群が一緒にいたってのは誤算でしたね。危なかったです……」

リンゼもホッと胸を撫で下ろしているようだ。

僕らはここ数ヶ月でギルドランクが緑になっていた。黒、紫、緑、青、赤、銀、金と変わるギルドランクの下から三番目。コレになると一人前の冒険者として認めてもらえる。

さっそく緑の依頼を受けようとしたが、たまには違う町のギルドで依頼を受けてみないか、とエルゼが提案してきた。

それで王都の冒険者ギルドまで来て、そこにあった緑の依頼書から、この廃墟に巣くう魔物の討伐を選んだのだ。

もともとこの廃墟は千年以上前の王都だったそうだ。当時の王はこの土地を捨て、新たな王都を作ることを選んだらしい。遷都ってやつなんだろう。

当時はどうだったかわからないが、今では蔦が蔓延る穴だらけの城壁と、町の形をかろうじて残す石畳と建物、それと完全に崩壊した王城……らしき瓦礫。今はまさに廃墟だ。

その廃墟にはいつしか魔物や魔獣が棲み着くようになり、僕たちのような依頼を受けた者が討伐、しかししばらくするとまた魔物たちが棲み着く、そしてまた討伐、というサイクルがどうやら出来上がっているらしい。

確かに次々と魔物が棲み着くと、やがてそいつらが群れを形成してしまう虞れもある。定期的に討伐した方がいいのだろう。

「しかし、昔の王都って言ってもなんにもないな……」

辺りを見渡しても崩れた壁、壁、壁。見晴らしのいい丘の上のここには、かつて王城が建っていたそうだ。公爵やスゥのご先祖様もここで暮らしていたのかなあ。

しかしこんなにも廃墟になるものなのか。三国志の董卓みたいに、城や民家に火をつけての無理矢理遷都だったのかね？

「王家の隠し財宝とかあったら面白いんでしょうけどね」

「いや、それはないでござろう。国を滅ぼされたならともかく、ただ遷都しただけなのでござるから、宝など全て持っていってござるよ」

「わかってるわよう、言ってみただけ」

八重の反論にエルゼが口を尖らせる。財宝か。

僕の世界でも徳川埋蔵金とか武田埋蔵金とかあったけど、こういうのってやっぱりこっちにもあるんだな。僕も嫌い な方じゃない。宝探しは男のロマンだしね。

ふと、思いついた。あの魔法が使えるかもしれない。

検索魔法を使ってみる。僕が財宝と認識できる物が近くにあればこれでわかるはずだ。

「【サーチ：財宝】」

……うん、無いな。ま、当たり前か。

「【サーチ】使ったの⁉　ど、どうだった⁉」

「少なくともこの近くに財宝はないね」

興奮気味に尋ねてくるエルゼに苦笑しながら検索結果を答える。

「そっかあ……残念」

「でっ、でも、冬夜さんが財宝と認識できないだけで、貴重なものならあるかもしれませんよ？」

あら、妹さんの方も宝探しにロマンを感じる派だったみたいだ。さすが双子。

確かにリンゼの言う通りで、例えばすごい価値のある画家の絵があったとする。でも、それを見て僕が「落書きにしか見えない」と思ったら、それは「価値のあるもの」で検索しても引っかからない。あくまで術者の感覚、大雑把なところがこの魔法の長所であり、短所だ。絵の価値を知ったあとなら反応するかもしれないが。

確かに一理ある。「財宝」では、宝石とか黄金でできた冠、宝剣、大判小判がざっくざく、そんなイメージだったからな。うーん、となると……。

「【サーチ：歴史的遺物】」

「歴史的に価値があるもの」なら引っかかるんじゃないかな。あ、でもこれも僕にその知識が無ければ無駄か……。あれ？

「……引っかかった」

「「「え!?」」」

あったよ、歴史的に価値があるもの。この廃墟自体も反応してるが、それ以上のものが近くにある。感覚を研ぎ澄ます。うん、確かに感じる。

「どっ、どっちでござるか!?」

「……こっちだな。こっちの方から感じる。大きいな、なんだこれ？」

「「「大きい!?」」」

廃墟の中を感じるままに進む。僕のあとにみんな続き、やがて崩れ落ちた瓦礫の跡地の手前まで来た。おや？

「下から？　この瓦礫の下か？」

何トンもありそうな建物の瓦礫をどうしたらいいのか。僕が途方に暮れていると、リンゼが前に進み出た。

「【炎よ爆ぜよ、紅蓮の爆発、エクスプロージョン】」

ものすごい爆発音と共に、瓦礫が粉々に吹っ飛ぶ。ちょ、やり過ぎじゃないですか、リンゼさん！

「……片付きました」

呆れる僕をよそに、リンゼはさっさと瓦礫があった場所を調べ始める。なんでしょう、この熱意は。

僕も瓦礫のあった場所に立つと、さらに強く感じる。この下……か？

よく見ると土に埋まって何か見える。

みんなを呼び、次々に土をどかしていくと、それは鉄でできた畳二畳くらいの両扉だった。こんなところに……。

力を合わせてその鉄扉を開ける。なぜか錆び付いていることもなく、すんなりと開けることができた。ひょっとして鉄じゃないのかもしれない。

そしてその下には、地下へと続く石の階段が、不気味に僕らを迎えたのである……。

◇　◇　◇

「【光よ来たれ、小さき照明、ライト】」

リンゼが宙に作り出した明かりを頼りに、僕たちは石の階段を踏みしめ、地下へと進み出した。

階段は緩やかな角度で螺旋を描き、どこまでも地下へ続いている。歩いているうちにまるで地獄にでも続いているかのような、そんな馬鹿げた不安が湧いてきた。

やがて長い階段の終わった先に、広い石造りの通路が現れる。

真っ直ぐ延びるその先は闇で覆われ、何があるのか全く見えない。じっとりとした湿気が漂い、なんとも不気味な雰囲気を醸し出していた。

「な、なんか……気味、悪いわね……幽霊でも出そう……」

「なっ……なにを言ってるんでござるかエルゼ殿！　まさか、ゆっ、幽霊など出るわけないでござるよ！　……ね？」

エルゼがぼそりと呟いた言葉に八重が過剰反応する。どうでもいいけど、君ら僕のコートを引っ張るのやめてよ……歩きづらいから……。

対してリンゼは平然と石造りの通路を進んでいく。度胸あるなあ。

先頭のリンゼが魔法の光で通路を照らし、その次に僕たちが続く。進むたび、だんだんと通路の天井が高くなっていき、やがて大きな広間に出た。

「なんだこれ……？」

そこにあったのは正面の壁いっぱいに描かれた、何かの文字らしき物だった。高さ四メートル、長さ十メートルにわたって、びっしりと何段にも続いて書かれている。一文字一文字が三十センチ四方ほどなので、文章量としては多くないだろう。

よくよく見ると、文字と言うよりは絵文字に近いようにも見える。マヤとかアステカ、あの辺りの古代文字に似ている気がした。

「リンゼ……なんて書いてあるか読める？」

「いえ……まったくわかりません。古代魔法言語……とかでもなさそうです……」

リンゼは僕の問いかけにこちらを向くこともなく、目の前の壁を茫然と眺めている。

確かにこれは歴史的遺物なんだろう。素人の僕にもそれぐらいはわかる。ただ、これが財宝かと言われれば、僕的には正直違うような気がする。【サーチ】の反応も理解できる気がした。

おっとそうだ、一応写真に撮っておくか。スマホを構え、カメラアプリの撮影ボタンを押すと、眩しいフラッシュが焚かれた。

「う!? なんでござる!?」

突然の閃光に八重たちがビクッとなる。僕が大丈夫だと身振りで示し、手の中のスマホを見せるとみんな安堵のため息をついた。だんだんと彼女たちも僕の奇行に慣れてきたようだ。いかん、自分で奇行とか言うもんじゃないな。

何枚かに分けて壁画を全て撮影していく。それにしてもなんでこんなところにこんなものが……。

「ねえ、ちょっと！ みんなちょっと来て！」

広間を探索していたエルゼが突然声を上げる。広間の右壁側、その壁の前にいた彼女は壁の一部を指し示した。

「ここ、何か埋まってるわ」

壁の一部、ちょうど目線の高さに茶色っぽく透明な菱形の石がひとつ、埋め込まれていた。大きさは二センチくらい。宝石……というには薄汚れていて質が悪そうだ。

「これは……魔石ですね。土属性の魔石です。おそらく魔力を流すとなにかの仕掛けが起動するのでしょう」

「何かって……罠とか？」

「その可能性もないとは言えませんけど……こんな見え透いた罠とか、普通ありえません」

リンゼの説明に納得はできるんだけど……。なんだろうな、この不安。スイッチがあったら押してみたくなる。あの感じを利用した罠じゃないか……とか。僕が考えすぎなのだろうか。

「じゃあ冬夜、魔力を流してみて」

「僕なの!?」

エルゼのさらりとした発言に、思わず勢い良く振り向く。罠かもしれないのに!?

「だって土属性持ってるの冬夜だけでしょうが」

むう、確かに。リンゼは火と水、そして光、エルゼは無、八重は適性を持っていない。そして僕は全属性。まあ、仕方ないか……って……。

「……なんでみんな離れるのさ?」

「「「まあ、一応……」」」

僕から距離を取り、笑ってごまかすみんなをジト目で睨む。ため息をひとつついてから、魔石に魔力を流した。

ズズズズズ……と地鳴りがし始めたと思ったら、目の前の壁が全て砂になって流れ落ち、ぽっかりと穴が空いた。ずいぶんと派手な開閉ドアだ。

「これは……なんだ？」

消え落ちた壁の奥を覗き込むと、埃と砂にまみれた物体が、部屋の中央に置かれていた。

それはなんと表現したらいいのか……。僕がまずイメージしたものは虫だ。コオロギ。

アレに似てる。ラグビーボールのようなアーモンド型の物から、六つの細長い足のような物が伸びている。数本折れてはいたが。

大きさは軽自動車くらいあるだろうか。手足をもがれ、死んだコオロギを想像させる。

しかし、そのフォルムは鋭い流線型のシンプルな形で、生物というよりは機械のようにも、前衛的なオブジェにも見える。

「なんなの、これ？　何かの像かしら？」

エルゼがいろんな角度から覗き込む。よくよく見ると、胴体とも頭部とも見える部分の奥に、うっすらと野球ボールほどの赤い球体が透けて見えた。

表面の埃や砂を払うと、この謎の物体は半透明な物質でできていることがわかった。

……ガラスだろうか。薄暗くてよく見えないな……ん？

「リンゼ……【ライト】の魔法ってこんなに持続時間短かったっけ？」

「え？　確かに私、光属性は苦手ですけど……それでも【ライト】ぐらいなら二時間くらいは持ちますよう」

心外だとばかりに頬を膨らますリンゼだが、宙に浮かぶ光の球を見て首を傾げる。

「あれ？　光が弱くなっているような……」

「ような、じゃない。確実に弱くなってる。これは……」

「冬夜殿！」

八重の叫びに視線を戻すと、コオロギの頭部、奥に見えた赤いボールが輝き始めていた。

コオロギの体が細かく振動している。

「冬夜さん！【ライト】の魔力がアレに吸収されています！」

光が弱くなったのはそれでか！　ボールの輝きはどんどん増し、コオロギは体を少しずつ動かし始めた。まさか……生きているのか、これは⁉　折れていた足がいつの間にか再生している。魔力を取り込み、活動を再開させたというのか⁉


キィイイイイイイイン！

キィイイイイイイイイン！

キィイイイイイイイイイン！

「うぐっ……これは……ッ！」

耳鳴りがしたときのような、甲高い音が辺りに響き渡った。部屋中に反射してビリビリと身体中が震えるほどの衝撃。ピシッと壁に亀裂が入り出す。まずい！　このままでは生き埋めになる！

「【ゲート】！」

僕は目の前に光の門を出現させ、みんなを次々と地上へと送る。最後に僕が門をくぐろうとしたとき、コオロギが立ち上がり、足の一本を僕目掛けてものすごい速さで伸ばしてきた。五メートルは離れていた僕のところまで、槍のように本当に伸ばしてきたのだ。

僕は転がるように【ゲート】を抜け、地上に出た。すぐに【ゲート】は閉じ、目の前に地上の廃墟が広がる。どうやら生き埋めにはならずにすんだようだ。

「何だったの、あれ？」

「あんな魔物、見たことないでござるよ……」

エルゼと八重が地下への入り口を眺めながら、緊張した面持ちで話していたとき、ゴゴゴゴ……とまたしても地鳴りが響き渡った。

廃墟の奥で轟音と共に土煙が上がる。おそらく地下の広間が落盤したのだろう。あのコオロギの魔物もひとたまりもなく、巻き込まれて潰れたはず……だ。
誰もが息を呑み、沈黙が辺りを支配する。

……キィイイン……。

この音は……まさか……。

キィイイイイン……。

来る……！

キィイイイイイイイイイン！

ドカァッ！　と地面を突き破り、そいつは地上へと現れた。
アーモンド型の本体、そこから伸びた細長い六本足。太陽の下で水晶のような体が光り輝く。半透明のその生物は結晶生命体とでもいうのだろうか。

コオロギがまたしても足を伸ばし、それを横に薙ぐ。かがんで躱した僕の背後にあった廃墟の壁が、まるで豆腐のように切断される。なんて切れ味だ。

「【炎よ来たれ、赤き連弾、ファイアアロー】！」

リンゼが炎の矢を連続でコオロギに向けて打ち出す。しかし、コオロギはそれを避けることもなく、平然とその身で炎の矢を受けとめた。

次の瞬間、驚くべきことに炎の矢が次々とコオロギに吸い込まれるように消えていった。

「魔法が吸収された⁉」

「くっ……なら！」

八重が抜刀し、コオロギの本体に一撃を放つ。だが、その攻撃で奴につけることができたのは、わずかなかすり傷ひとつだった。

「なんて硬さでござる！」

「っこのッ……！」

次いでエルゼがコオロギの側面から正拳突きを放つ。わずかにぐらつきはしたが、やはり大した傷をつけることはできないようだ。

エルゼ目掛けてコオロギの足が伸びた。串刺しになる寸前で彼女は身を躱す。

「どうしたらいいのよ、これ⁉」

魔法は吸収される、刃は通らない。どうしたら……！　……待てよ、あいつに攻撃魔法は効かなくても間接的になら……試してみるか。

「【スリップ】！」

僕がコオロギの足下、その地面に転倒魔法を発動した瞬間、奴は盛大にすっ転んだ。よし！

「リンゼ！　直接魔法をかけるんじゃなく、間接的になら効果がある！」

「なるほど……わかりました！【氷よ来たれ、大いなる氷塊、アイスロック】！」

リンゼが氷の魔法を唱える。コオロギの頭上に巨大な氷の塊が出現し、そのまま落下。コオロギを押しつぶす。よし！　魔力の直接攻撃は吸収されるが、魔力が生み出した物体は吸収できないらしい。

「ギィィ！」

錆び付いたドアのような軋みをあげて、コオロギが怯む。しかし、魔力が生み出す物体での攻撃でも、あの硬さには軽度のダメージしか与えられないようだ。

動きが止まった奴へ向かって、弾丸のようにエルゼが飛び込んでいく。

「【ブースト】ッ！　……全ッ開ッ！」

身体能力を高める無属性魔法【ブースト】を使い、コオロギの細長い足目掛けて全力の蹴りを放つ。

次の瞬間、ガラスが砕け散るような音と共に奴の足が一本砕けた。

「やった！」

傷を与えられないわけではない。少しでもダメージを与えることができるのなら、いつかは倒せる！

「ギ……ギィイイイイイイ！」

突然、コオロギが唸り声を上げ、内部の赤いボールが輝く。それに反応するかのように、砕けたはずの足がみるみる間に再生されていく。おい、嘘だろ……。

「再生した……」

呆然と佇むエルゼに再生された足が襲いかかる。一瞬の隙、避けるタイミングを見誤った彼女の右肩に、深々とそれが突き刺さった。

「ぐうっ……！」

「お姉ちゃん！」

エルゼはすぐさま後方に跳び、追撃の手から逃れる。肩口からどくどくと血が流れ、上半身の服を汚していく。彼女は脂汗を流しながらついに膝をついた。

「八重！　リンゼ！　足止め頼む！」

二人は頷(うなず)くと八重はその素早さで撹乱(かくらん)、リンゼは再び氷塊を落とし始めた。コオロギの注意が二人に向けられるその隙に、僕(ぼく)はエルゼに駆け寄り、回復魔法をかける。柔(やわ)らかな光に包まれて、じわじわと肩の傷口が塞(ふさ)がっていき、やがて血が止まった。

「ありがと……もう、大丈夫(だいじょうぶ)……」

大丈夫なわけはない。傷口は塞がってもダメージは消えていないはずだ。

再生能力を持ち、魔法を吸収し、異常な硬さの強度……どうやって倒す……？　なにか弱点はないのか？

「いくら体を砕(くだ)いても再生するんじゃどうしようもないわ……！」

「……そういえば……あいつを見つけたときは体が砕けたままだったな……。どうしてだ……？」

確か……リンゼの魔法を吸収して、それから再生した……。再生するのに魔力を必要とするのか。そういえば、あの時も内部の球が光っていたな。ひょっとしてあの本体にある赤い球が「核」になっているんじゃ……。

「エルゼ、ちょっと……」

思いついたことをエルゼに伝える。

「え？　そんなのできるの⁉」

「わからない……。でも試してみる価値はある」

「……わかった」

フーッと息を整えると、僕はコオロギに向けて魔力を集中し、その物体を思い浮かべた。体が透明だからよく見えるな！

「【アポーツ】！」

僕の手の中に、鈍く光るソフトボール大の赤い水晶球が現れた。よし、成功だ！

「エルゼ！」

「【ブースト】！」

僕が放り投げたその球めがけて、強化されたエルゼの拳が打ち下ろされる。地面と拳に挟まれ、叩きつけられたその物体はパキィンッと粉々に砕け散った。

「これで……どうだ!?」

核を抜かれたコオロギが動きを止めた。やがて全身に亀裂が入り、ガラガラと崩れ落ちていく。キラキラと太陽に反射しながら、水晶の魔物はついに倒れた。

僕たちはしばらくの間、また再生するんじゃないかと注意を向けていたが、いつまでたっても水晶の魔物が蘇ることはなかった。

「ふぃ――……」

張り詰めていた緊張が解けて、僕は地面に座り込む。思い付きでやってみたが、うまくいってよかった。【アポーツ】も効かなかったらどうしようかと……。吸収する間もなく発動し、核を抜いたから効いたのかもしれないが。

横を見ると同じくエルゼや八重も座り込んでいる。リンゼは砕けた魔物の破片を手に取り、何やら調べていた。

「ひょっとして、これは魔石と似通った物質なのかもしれません……」

「魔石と？」

「魔石の特徴は魔力の増幅、蓄積、放出。この魔物は他人の魔力を吸収し、自分の再生能力に……いえ、ひょっとしてあの防御能力にも……使っていたと思われます。吸収、蓄積、放出……。魔石の特徴と似ているんです」

ひょっとしてあいつは魔力を自分で作り出せないのか……？　だから遺跡の中では活動を停止していた？　でも空気中にも魔力は満ちている。あの封印してあった遺跡の部屋は、なにか魔力を遮断する効果があったのだろうか……。まったく謎だらけだ。

「これってギルドとかに報告したほうがいいんでござるかな……？」

「いえ、地下の遺跡とか……ここがかつての王都と考えると、国の機関に知らせた方がいいかと。公爵様に話してみましょう」

なるほど。その方がいいか。

さっそく公爵家の方へ行ってみよう。

「【ゲート】」


「そうか、旧王都にそんな遺跡が……」

公爵が考え込むように腕を組んで、椅子の背にもたれる。スゥとエレン様はお出かけのようで、残念ながら留守だった。僕たちは応接間に通され、公爵に今回のあらましを伝えた。

「わかった。これは王家に関わりのあることかもしれない。国の方から調査団を出し、調べてみよう。むろん、その魔物もな」

「あー……地下遺跡の方は崩壊してしまったので、調べるのは難しいかも……」

「なに？　そうか……その壁画に何が書かれていたか興味があったのだが……」

残念そうに肩を落とす公爵。悪いことしちゃったなあ……。いや、あの遺跡を壊したのは僕らじゃないけどさ。

「あ、でも壁画の写真なら撮ってあるんで、なんとかなるかもしれません」

「シャシン？」

スマホのカメラアプリから写真画面を開き、公爵に見せる。

「こっ、これは何だね⁉」

「画像を記録できる僕の無属性魔法ですよ」

「ほ、ほう～……、相変わらず凄いな、君は……」

しれっとついた嘘にあっさりと公爵は騙された。すいません、ごめんなさい。説明がややこしいんです。

「時間をいただければ書き写してお渡ししますよ」

「頼む。ひょっとして千年前の遷都の謎が記されているかもしれないからな」

あ、なんで遷都されたのか国の方でもわからないのか。普通、こういうのって国で記録とか残すもんだと思うけど。いや、ひょっとして公爵の言う通り、あの壁画に遷都の原因が記されているのかもしれない。あの水晶の魔物についてもなにか書いてあるかもしれないしな。

あの魔物の弱点はわかった。次に対戦することになってもおそらく勝てると思う。

だけど、なんか引っかかるんだ。旧王都があんなボロボロの廃墟になった理由が、あの魔物にあるような気がしてならない。

モヤモヤした気分を抱えながら、僕たちは事後処理を公爵に任せて屋敷を辞した。

第四章　王家の人々

　数日後、僕は例の地下遺跡の壁画を紙に写し終わった。

　役に立ったのは無属性魔法【ドローイング】。見たものをそのまま紙などに転写する魔法だ。ま、コピー機ですね。

　僕がペンを持って書くわけじゃなく、紙に字が浮かび上がってくるのだからまさにコピー機だろう。スマホの写真画面を見ながら、紙に写したわけだけど、これって「素描（ドローイング）」っていうより、「印刷（プリント）」だよなあ。ま、どうでもいいけどさ。

　要はこの魔法により、僕はプリンターを手に入れたってことだ。試しに何種類かのお菓子（かし）レシピをプリントアウトして、アエルさんに持っていったら凄く喜ばれた。意識すればちゃんとこちらの言葉に翻訳されて印刷されるのがありがたい。ただ、材料に関しては僕が【サーチ】を使って見つけ出す必要があったが。

　分量とかは僕が持ってた百円玉とかの重さから割り出した。もっと早く気付けよ、自分。

　さて、王都に届けてくるか。一応みんなに声をかけたが、公爵に会うのはやっぱり気おくれするらしく、僕一人で行くことになった。

こういう時、貴族とかに対する感覚のズレってのを感じるなあ。日本には貴族なんていなかったしな。いや、厳密に言ったら、昔はいたのかもしれないけどさ。

写し終わった書類を持って、【ゲート】を開く。

光の門をくぐり、公爵家の正門前へ出た。

「うわっ！」

「あ、すいません」

突然の僕の出現に驚く門番さん。実はここにくるたび毎回驚かせてしまっている。いい加減慣れてほしいのだが、この様子ではまだまだのようだ。

あれ？

正門が開き、中から馬車が出てきた。お出かけかな？　タイミングが悪かったか。

「冬夜殿⁉　ありがたい！　乗ってくれ！」

「え？　ちょっ……え⁉　なんですか⁉」

馬車の扉を開けて出てきた公爵に、瞬く間に腕を引っ張られ、馬車の中へと引きずり込まれた。なんだなんだ⁉

「いや、このタイミングで冬夜殿が訪ねてくれるとは……！　おそらく神が君を遣わせてくれたのだろう。感謝せねば」

公爵は興奮しながら僕の対面で祈りを捧げ始めた。確かにここに僕を送り込んだのは神様ですが。

それにしてもこの焦りようは尋常じゃないな。どうしたっていうんだろう。

「いったい何があったんです？」

僕が公爵にそう尋ねると、額に汗を浮かべ、切羽詰まったような声で彼は口を開いた。

「兄上が毒を盛られた」

……なんですと？

公爵の兄上っていったら国王様……だよな？　国王暗殺ってやつか？

「幸い対処が早かったのでまだ持ちこたえている。だが……」

両手を握り、俯きながら絞り出したその声は震えていた。兄弟が殺されかけてるんだ、そりゃ心配だろうな。

「犯人に心当たりは？」

「……思い当たる人物はいる。だが、証拠がない。君も覚えているだろう、スゥが襲われたことを。おそらく同一犯だと私は考えている」

「でも何だって国王様を？　あ、他の国からの刺客とか、そういう……」

「それならまだ分かり易かったんだがね……」

ため息をひとつついて公爵は顔を上げる。そこには苦々しい表情が浮かんでいた。

「我がベルファスト王国は三つの国に囲まれている。西にリーフリース皇国、東にメリシア山脈を挟んでレグルス帝国、南にガウの大河を挟んでミスミド王国だ。このうち、西のリーフリース皇国とは長年付き合いがあり、友好を結んでいる」

ふむふむ。

「帝国とは二十年前の戦争以来、一応の不可侵条約を結んではいるが、正直友好的とは言い難い。いつまたこの国へ攻め込んで来てもおかしくないんだ。そして南のミスミド王国、ここが問題なんだ」

「問題？」

「ミスミドは二十年前の帝国との戦争の最中、新たに建国された新興国だ。兄上はこの新興国と同盟を結び、帝国への牽制と、新たな交易を生み出そうとしている。だが、それに反対する貴族たちがいるのだよ」

「なんでです？」

帝国とやらがいつ攻め込んでくるかわからないのなら、味方は多い方がいいと思うんだが。そんな単純な話じゃないのかな。

「ミスミド王国が亜人たちの国だからさ。亜人たちが多く住み、獣人の王が治める国。それが気に食わないいんだよ、古い貴族たちは」

「……なんですか、それ？」

気に食わないから国益になることでも邪魔をするってことか？　それに亜人だからってのが、わからない。話が通じない獣なら百歩譲ってまだわかるが。獣人たちはきちんと話が通じるし、僕が会ったアルマとかはすごくいい子だったのに。

「かつて亜人たちは下等な生き物とされ、侮蔑の対象だった。卑しく野蛮な種族だとね。だが、私達の父の代になると、その認識を改める法を制定し、だんだんとそういう風習は廃れていったんだ。事実、この国の城下町では獣人たちも普通に歩き、表向き差別するようなことはない。でも、裏ではそれを認めない頭の古い貴族が結構いるんだよ」

「差別ですか」

「そうだ。卑しい獣人どもの国なんかとなぜ手を結ばなければならない。逆に攻め滅ぼして、自分たちの属国にすべき。そう主張する貴族たちにとって、兄上は邪魔以外の何者でもないんだよ」

なるほど。その古い貴族が今回の黒幕かもしれないわけか。しかしそこまでするか？　という気持ちが僕にはあった。自分の君主を殺めたりするなど。だいたい王様が死んでしまったら、困るのは自分たちじゃないのか？

「兄上が亡くなれば、王位は一人娘であるユミナ王女に移る。おそらく、そういった貴族は王女に自分の息子か、一族のものを婿として迎えるように、と迫るだろう。そして王家とつながったあとに、その権力で亜人たちの排斥を始める……。こうなるとスゥを誘拐し、それをネタに脅迫しようとしていた相手は、私ではなく兄上だったのかもしれんな」

　姪の命が惜しければミスミドと国交を結ぶな、か。一国の姫君だ、警備も厳しいのだろう。だから代わりにスゥを狙った……のかもしれない。いや、調子に乗って息子を姫の婿にしろ、とかもありえたのかもしれないな。しかし、なんというか……杜撰な悪巧みに感じるなあ。犯人、頭悪そう。

　バレたら間違いなく処刑コースだよね、これ。時代劇の悪役がなんとなく頭に浮かんだ。強欲商人とか悪代官とかそんなの。

「それで、僕はなにをすれば？」

「兄上の毒を消してほしい。エレンにかけたあの魔法で」

　異常状態回復魔法【リカバリー】。あれか。確かにあれなら毒も後遺症もすべて取り除くことができる。それで公爵は僕を引っ張りこんだのか。合点がいった。

　そうこうしてる間に、公爵家の馬車は城門をくぐり抜け、跳ね橋を渡り、王城へと辿りついた。

　慌ただしげに公爵に連れられて、城の中へ入ると、真っ赤な絨毯が敷き詰められた、吹き抜けのホールが僕らを出迎えた。城なんて初めて入ったけど、何もかもでかいなー。

　正面中央から僕らのいる階へ伸びる階段は左右へと緩やかなカーブを描き、天井には綺羅星のごとく輝く豪華なシャンデリアが見える。あれって蝋燭とかじゃないな。光属性の魔法が付与されているのか？

　公爵と共に絨毯で敷き詰められた長い階段を駆け上がると、階段途中の踊り場で一人の男とすれ違った。

「これはこれは公爵殿下、お久しぶりでございます」

「ッ！　……バルサ伯爵……！」

　睨むような視線で公爵は目の前の男を見た。小太りで派手な服を着た、髪の薄い男だ。なんとなくヒキガエルをイメージさせる。ニタニタとした締まらない笑みを浮かべ、こちらを眺めている。

「ご安心ください。陛下の命を狙った輩は取り押さえましたぞ」

「なんだと⁉」

「ミスミド王国からの大使です。陛下はワインを飲んでお倒れになりました。そのワインがミスミド王国の大使が贈ったワインだと判明したのです」

「馬鹿な……」

公爵が信じられない、といった顔つきで驚いている。それが事実だとすれば両国の間に溝ができるのは確実、いや、戦争が起こってもおかしくない。

だが、なんか気に食わない。できすぎている。

「大使は別室にて拘束しております。獣人風情が大それたことをしたものですな。首を刎ねね、ミスミドへ送りつけて……」

「ならん！　すべては兄上が決めることだ！　大使にはしばらく部屋に留まってもらうだけにしろ！」

「そうですか。獣人ごときにはもったいないお言葉で……。ではそのように。しかし、陛下にもしものことあらば、他の貴族の方々を私は止めることができませんぞ？　おそらく私と同じことを言い出すと思いますがね」

いやらしい笑みを浮かべるバルサ伯爵。こいつか。獣人を差別して国王の政策に反対している古い貴族ってのは。いや、国王に毒を盛ったのもひょっとして……。

ヒキガエルを睨みつける公爵の方を見る限り、その予想は外れてはいないらしい。うん、こいつ犯人。間違いない。

「では私はこれで。これから忙しくなりそうですからな」

そう言ってヒキガエルはのっしのっしと長い階段を降り始めた。忙しくなる？　王様が死ぬからか？　ハゲ伯爵を見送る公爵の手が、握りしめられて震えていた。よし、あのヒキガエルをちょっと懲らしめてやるか。

「【スリップ】」

「うおわッ!?」

ヒキガエルは足を踏み外して、階段を勢いよく転がり落ちていった。止まることなく最下段まで落ちていき、床に投げ出される。

「ぐぎゃッ！」

やがてヒキガエルは平静をよそおいながら、ヨロヨロと立ち上がり歩き始めた。周りのメイドさんや、警備の騎士(きし)たちが笑いをこらえて震えている。ちっ。無事だったか。

ポカンとしていた公爵が、舌打ちをした僕の方を向いて尋ねる。

「君か？」

僕は無言で親指を立て、爽やかな笑顔(えがお)を返す。

公爵は呆(あき)れたような表情を浮かべていたが、やがて同じような笑顔を返してくれた。

◇　◇　◇

「おっとこうしてはいられん。急がねば！」

　再び階段を駆け上がり、長い回廊を抜ける。突き当たりにあった部屋の前で、厳重な警備をしていた近衛兵が公爵に気付くと、恭しく頭を下げながら、後ろにあった大きな扉を開いた。

「兄上！」

　部屋の中に公爵が飛び込むと、壁いっぱいの窓から差し込む陽の光の中、豪奢な天蓋がついたベッドの周りに何人か集まっていた。全員、横たわる人物、おそらくあの人が王様だろう、を悲愴な面持ちで眺めている。

　ベッドにすがりつき、横たわる王の手を握りしめる少女。その傍らで涙をこらえて椅子に座る女性、沈痛な面持ちで佇む灰色のローブを着た老人、黄金の錫杖を持ち、目を伏せる翡翠色の髪をした女性、怒りに肩を震わせる軍服をまとった立派な髭の男。

　ベッドの傍らへつかつかと進んだ公爵は灰色のローブを着た老人に声をかける。

「兄上の容体は⁉」

「いろいろと手を尽くしましたが、このような症状の毒は見たこともなく……このままでは……」

老人は瞼(まぶた)を閉じ、首を静かに横に振る。そのとき、かすれるような声で王様が口を開いた。

「アル……」

「兄上！」

「……妻と娘を、頼む……お前が……ミスミド、王国との同盟を……」

「冬夜殿！　頼む！」

遠目に様子を見ていた僕が駆(か)け寄ると、軍服を着た髭の人がそれを咎(とが)めようとしたが、横にいた公爵に阻(はば)まれた。

王様は濁った魚のような目で僕を見つめ、誰だ？　と口を動かしたが、声になっていなかった。青ざめた顔と乾き切った唇(くちびる)、そして弱々しい呼吸、まさに死相が浮かんでいる。

こりゃ急がないとな。

魔力を集中し、掌を王様にかざす。

「【リカバリー】」

柔らかな光が僕の掌から王様へと流れていく。やがてそれが収まると、王様の呼吸が穏やかなものへと変わっていき、顔色もみるみる間に良くなっていった。

パチパチと瞬きを繰り返すと、眼には生気が蘇り、やがてガバッと上半身を勢いよく起こした。

「お父様！」

「あなた！」

王様はすがりつく少女と女性に目を向けながら、自分の掌を握ったり開いたりしていた。

「……なんともない。先ほどの苦しみが嘘のように消えておる」

「陛下！」

灰色のローブを着た老人が王様の手を取り、脈を測ったり、眼を覗き込んだりしている。

この人は医者か。なるほど。

「……ご健康そのものです。まさか、こんなことが……」

呆然とする主治医をよそに、王様は僕の方へ目を向けた。

「アル……アルフレッド。この者は？」

「我が妻の眼を治された望月冬夜殿です。偶然、我が屋敷へおいで下さったので、お連れしました。彼なら兄上を救ってくれると」

「……あー、どうも。望月冬夜と申します」

なんと挨拶したらいいかわからず、なんとも間抜けな返事をしてしまった。王様に対してまずかったかしら。

「そうか、エレン殿の……！　助かったぞ、礼を言う！」

王様から礼を返され、どう返事したらいいものかと迷っていた僕の背を、髭の人がバンバンと叩いてきた。ちょ、痛い！

「よくぞ陛下を救ってくれた！　冬夜殿といったか⁉　気に入ったぞ！」

なおもバンバンと叩いてくる髭親父。だから痛いって！

「将軍、そのへんで。しかし、あれが無属性魔法【リカバリー】。興味深いですね」

黄金の錫杖を持った女性が、微笑みながら髭親父を止めてくれた。助かった。

「兄上、それでミスミド王国の大使についてですが……」

「大使がどうした？」

「兄上暗殺の首謀者としてバルサ伯爵に拘束されております。いかがいたしましょう？」

「馬鹿な！　ミスミドが私を殺してなんの得がある！　これは私を邪魔に思う別の者の犯行だ！」

王様が断言する。そうなるとやっぱりあのヒキガエルが怪しいよなあ。

「しかし……事実、大使から贈られたワインを飲んで陛下はお倒れになられた。その現場を多くの者が見ております。その容疑が消えない限りは……」

「ううむ……」

髭の将軍の言葉に考え込む王様。まあ、身の潔白を証明するまでは解放できないか。

「どんな毒が使われたのか、それさえ分からなかったのです。獣人が使う特殊な毒かもしれません。まずはそれを調べませんと……」

主治医の老人が困ったようにつぶやく。

様々な毒の検出方法を試したが、ワインからはなんの反応もなかったんだそうだ。毒がわからなければ解毒法もわからず、何もできずに倒れてから一時間近く王様は生死の境を彷徨ったらしい。

普通の回復魔法では麻痺や毒などの状態異常までは回復できない。僕が来なかったら確実に王様は天に召されていた。犯人の思う壺ってわけだ。

「とりあえず大使に会おう。呼んできてくれ、レオン将軍」

「は」

髭親父が足早に部屋を出て行く。

おそらく大使は濡れ衣を着せられたんだろうな。邪魔な国王を殺し、その罪を大使になすりつける。両国間の亀裂を生み出し、大義名分をもって戦争をしかける……って感じか。なんともわかりやすい。

「あの……」

黙考していた僕に、おずおずと声がかけられた。はっとして顔をあげると、そこにはお姫様——（確かユミナ姫と言ったか）が、僕の方を見て立っていた。

年の頃はスゥよりふたつみっつ上だろうか。十二〜十三くらい？　これまたスゥと同じような金髪で、大きな瞳が可愛らしかったが、よく見ると左右で瞳の色が違う。右が碧、左が翠。オッドアイというやつか。白いふわふわのドレスを着て、頭には銀の髪飾りが輝いていた。

「お父様を助けていただき、ありがとうございました」

そう言いながら深々と頭を下げられた。礼儀正しい子だなー。わがままで高飛車な姫とかじゃなくてよかった。

「いえ、気にしないでください。元気になられてよかったですね」

あらためて礼を言われるとなんとも気恥ずかしいので、誤魔化すように僕は笑顔を浮かべた。しかし、お姫様はじっ……と僕の方を見つめ続けている。え、なに？

じ――っ……。

じ―――っ……。

じ――――っ……。

じ―――――っ……。

「あの……なんでしょうか？」

熱い視線にいたたまれなくなって、目線を外しながら尋ねる。やがてお姫様はわずかに頬を染めながら、小さく口を開いた。

「……年下はお嫌(きら)いですか？」

「……はい？」

質問の意図がわからず、首を傾げる。そのとき扉(とびら)が開かれ、髭将軍とそれに続いて二十歳(はたち)前後の獣人の女性が入室してきた。あれ？　あの人って……。

「オリガ・ストランド、参りましてございます」

ベッドに腰掛(こしか)ける王様の前で、片膝をつき、頭を下げる獣人の女性。その頭には獣の耳がピョコッと立っていた。腰(こし)からは尻尾(しっぽ)が伸びている。狐(きつね)の。

「単刀直入に言う。そなたは余を殺すためにこの国へきたのか？」

「誓ってそのようなことはございません！　陛下に毒を盛るようなことは断じて！」

「だろうな。そなたはそのような愚かなことをする者ではない。信じよう」

そう言い切った国王の微笑みに、安堵（あんど）の表情を浮かべるミスミド大使。

「しかし、大使から贈られたワインに毒が仕込まれていたのは事実。これをどうなされます？」

「そ、それは……」

王様の傍（そば）に立つ錫杖を持ったお姉さんの言葉に、力なく狐の獣人はうなだれる。身の潔白を示す証拠がないのだろう。錫杖の女性もそれを責めているという感じではなく、そのことをどうしたらいいのか、という問いかけに近かった気がする。んー……。

「ちょっといいですか？」

「冬夜殿（どの）？」

「あ、あなた……！」

声をかけた僕を見て、驚く狐のお姉さん。あ、やっぱりあの時のお姉さんか。以前、王都で迷子になっていた狐の獣人の子、アルマのお姉さんだ。オリガさんっていうのか。

「君は大使と知り合いだったのかね？」

「妹さんと仲良くなりましてね。その時に少しだけ。ま、それは置いといて」

公爵の質問を流して、箱を横に置くジェスチャーをして見せるが、みんな無反応。くっ！

さっきから気になっていたことを髭将軍に尋ねる。

「王様が倒れたところはどこですか？」

「要人たちと会食をするための大食堂だが……それがどうした？」

「現場は倒れたときのままですか？」

「あ？　ああ、そのままだが……いや、ワインだけは持ち出して毒の判別のため、検査を続けているが……」

で、未だ検出されてない、と。たぶんアレだなー。よくあるトリック。トリックというものでもないか。あんなのワインに毒が無いってわかったらすぐバレるぞ。杜撰すぎる。

一応、確かめてみるか。

「その部屋に連れていってもらえますか。大使の潔白がわかるかもしれません」

みんな顔を見合わせていたが、王様の許可が下りて、僕はレオン将軍にその部屋へと案内された。

その部屋は大きなホールになっていて、白い煉瓦で造られた暖炉と、庭に面した一面の窓には紺色のカーテン。壁にはおそらく高そうな絵が並び、天井には豪華絢爛なシャンデリア。長いテーブルに白いテーブルクロス、その上には銀の燭台と、料理が載ったままの食器類がそのまま残されていた。

将軍に頼んで例のワインを持ってきてもらう。

「このワインは珍しい物なんですか？」

「よくわからんがそうらしい。大使が言うには、ミスミドのとある村で造られた、かなり貴重なものらしいぞ」

「なるほど」

どれ、確認してみるか。

「【サーチ：毒物】」

検索魔法を発動させる。ワインを見て、次いで部屋の中、テーブルの上を見渡す。ふん、やっぱりか。まあ、いずれみんなも気付いたと思うけど、僕みたいに検索魔法を使えるわけじゃないからな。

しかし【サーチ】で検索できるってことは、この毒を僕が飲んだら「一服盛られた！」って確実にわかるってことなのかね。試す気にはなれないが。

さて、どうするかねー。このままだと、知らぬ存ぜぬで通される可能性が高いよな。まあ、それを見越しての犯行なのかもしれないけど。失敗しても疑われるぐらいですむ、とかか？

ミスミド大使の疑いは晴らすことができる。しかし真犯人を捕まえられないってのはな……よし。

「だいたいわかりました。将軍、王様たちをみんなここに呼んでください。あ、あとバルサ伯爵もね。それとひとつ頼みがあるんですが……」

「頼み？」

将軍は不思議そうに首をひねっていたが、僕のちょっとした頼みをきいてくれることになった。決定的な証拠がないのなら、自供してもらうまでだ。

どれ、一芝居打ちますかね。

「へ、陛下！　お身体の方はもうなんとも!?」

「おう、バルサ伯爵。この通りなんともない。心配かけたようだな」

大食堂に飛び込んできたヒキガエルに、しれっと答える国王陛下。これ見よがしに胸を叩いてみせる。

「そう、ですか。ははは、それはそれは。何よりでございます……」

脂汗をダラダラ流しながら、引きつった笑顔を浮かべ、揉み手をする伯爵。それを冷めた目つきで眺める王様。あー、これ王様も気付いてるんだろうな。こいつが犯人だって。

「一時はもうダメかと思ったがな、そこの冬夜殿がたちまち毒を消してくれたのだ。いや、余は運がいい。危ないところだった」

王様の発言を聞き、僕の方を憎々しげに睨みつけてくるハゲ伯爵。おいおい、わかりやすっ！　逆にこいつ以外の犯人が思いつかないわ。

「それで冬夜さん。みんなを集めてどうするつもりですか？」

黄金の錫杖を持った、翡翠色の髪の女性、宮廷魔術師のシャルロッテさんが僕に尋ねる。

大食堂に集められたのは、国王陛下、ユミナ姫、ユエル王妃、オルトリンデ公爵、レオン将軍、シャルロッテさん、ラウル医師、オリガさん、バルサ伯爵。

みんなを立たせたまま、その全員の前で僕は語り出す。

「皆さんも知っての通り、国王陛下に毒が盛られました。現場はこの大食堂です。ここはそのときのままになっています。まあ、並んでいる料理は冷めてしまってますがね。で、この国王暗殺未遂事件の犯人ですが……」

たっぷりと間を空けて僕は口を開いた。

「この中に犯人がいます」


このセリフ、言ってみたかった！

ざわ、と雰囲気(ふんいき)が変化し、オリガさんの顔色が変わる。狐の耳をピンと立て、違う、自分じゃない、とその目が訴(うった)えかけている。わかってますって。

オリガさんが青ざめるその顔を見て、隣(となり)にいたバルサ伯爵の口元が吊(つ)り上がる。

うわあ、しめしめ、の顔だよ。彼はオリガさんの方を見ていたので気付いていなかったようだが、他のみんなはそのハゲ伯爵を「こいつだろ？」と言う目で見ていた。オリガさん以外のみんなが犯人をわかってるってのもなんだな……。

「まず、この毒の入ったワインですが」

将軍に持ってきてもらったワインの瓶を手に持って指し示す。

「これはオリガさんの贈られたワインで間違いないんですね？」

「た、確かに私が贈ったものですが、私は毒など……！」

「黙れ！　この獣人風情が！　まだシラを切るとは、恥知らずにもほどが………な!?」

ヒキガエルが醜くオリガさんを罵るのを横目に、僕はそのワインをラッパ飲みで一気にあおる。

未成年だけどいいよね、異世界だし！

「うん、うまい！」

ドン！　とテーブルに瓶を下ろす。正直なところ、あまり味はわからなかったけど。未成年ですから！

周りを見渡すと、みんなあんぐりと口を開けて僕の方を見ていた。

「と、冬夜殿!?　だ、大丈夫なのか!?」

「大丈夫ですよ、将軍。と、いうか毒なんて初めから入ってないんですよ、このワインにはね」

「なに!?」

どういうことだ？　と疑問を浮かべているみんなとは別に、伯爵の顔に尋常ではないくらいの汗が、ダラダラと流れていた。焦ってる焦ってる。

「さて、ここに取り出したるは特別製法によるレア物のワイン。遥か東方で造られた、僕の知る限り最高級のワインですが」

用意しておいた「ほーしょれぬーほー」とひらがなで書いてあるラベルを貼った「安ワ

イン」を、さも高級そうに、誰も座っていないテーブル上の空のワイングラスに注ぐ。

「このワインが犯人を見つけ出してくれます」

　ワイングラスをシャンデリアにかざして、光彩陸離の煌めきを躍らせる。テーブルから離れて立つみんなの方に歩いていき、それをそのまま将軍に差し出した。

「飲んでみてもらえますか？」

　将軍は訝しげにしていたが、そのまま飲み干し、グラスを空ける。

「味はいかがです？」

「むう！　コレは素晴らしい！　今までに味わったことのない味だな！　うまい！　伯爵もどうだ？」

　うあ、棒読みだ。将軍が「僕の指示した通り」伯爵に話を振った。

「は？　はあ、では……」

　頷いてしまった伯爵の前で、僕がテーブルの上座、「国王が座る席に置かれていたグラス」を手に取り、ワインを注ぎ始めると、彼の顔色が変わった。

「ぜひ伯爵に味の感想をいただきたいですね」

「いやっ、私は……！」

「まあまあ」

後ずさる伯爵を捕まえ、無理矢理ワインが入ったグラスを持たせる。

「ささ、ぐっと一気に」

満面の笑みで伯爵に声をかける。しかし、脂汗を流しながら、いつまでたっても伯爵はグラスに口をつけようとはしない。

「どうした、伯爵。飲まんのか？」

「はっ、いや、その……！」

国王陛下のお言葉に、目をキョロキョロさせながら、グラスを持つ手が細かく震えだした。おっと、グラスを落とさせるわけにはいかない。

「……飲めませんか？　では僭越ながら私が手伝って差し上げましょう」

「はっ⁉　ムグッ！　うぐうッ⁉」

僕はグラスを取り上げると無理矢理に伯爵の口に流し込んだ。伯爵はむせながらも、いくらか反射的にワインを飲み込み、その事実に愕然とする。

「う！　うあ！　うああ！　た、助けてくれ！　毒が！　毒がまわる！　死ぬ！　死ぬうううう！」

喉元を押さえ、のたうちまわるヒキガエル。苦悶の表情を浮かべ、ワナワナと腕を震わせて、もがきながら床を転がっている。

なんだろうなあ。人って思い込みだけで、ここまでできるんだな。

「ぐうぅぅ！　く、苦しい！　毒が！　毒があぁぁ！　た、助け……！」

「あー、もういいですから。さっきのグラスね、アレ、新品のグラスですよ」

「し、死ぬううぅ……なに？」

キョトンとした表情で、伯爵はのたうちまわるのをやめる。起き上がり、喉元を軽くさする。

「……なんともない」

「そりゃそうでしょうよ。単なる安ワインですからね。無理矢理飲ませたのは謝りますよ。でも」

一拍置いて僕は核心部分を尋ねる。

「なんで毒が入ってるって思ったんです？」

「う⁉」

伯爵の表情が凍りつく。そうなのだ。今まさにこの男は馬脚を露わした。入ってもいない毒に怯(おび)え、毒を飲んだとのたうちまわった。なにも知らない者なら決してそんな行動はしない。語るに落ちたわけだ。

「……どういうことだね？」

　公爵が僕に尋ねてくる。

「毒はオリガさんが贈ったワインにではなく、王様のグラスの中に塗られていたんですよ」

「グラスに……？　なるほど、道理でワインからは毒が検出されなかったわけだ」

「僕は毒を検知する魔法が使えるので、すぐにそれはわかりました。実行犯はコックか給仕係か、そのあたりでしょう。事件のあと、グラスを片付けるつもりだったのかもしれませんが、将軍が現場を押さえたので、手を出せなかったというところですか。あとは事件の黒幕、真犯人をどう追い詰めるかでしたが……あっけなかったですね」

　まあ、どう見たって犯人はこいつ以外考えられなかったしなあ。言い逃れできないようにすれば、とは思っていたけど、ここまであっさりすぎるとなんか肩透かしされた気分だ。ありがちなトリック（と呼べるほどのものじゃないけれど）だったしな。

　ワインに毒が入ってないとわかれば、僕じゃなくてもそのうち誰かが真相に気がついたろうけど。

　ま、ヘボい犯人でも探偵役ってのをやってみたかったんだよ、一回くらいさー。

「……くっ！」

ヒキガエルが扉へめがけて一目散に駆け出した。諦めが悪いなあ。結局、この男は無能で後先を考えない、いわゆる自分が優れていると勘違いした小悪党ってことか。だけど、その馬鹿な考えで王様が死ぬところだったんだから、その罪は重い。

「【スリップ】」

「うおわッ⁉」

すてーん！　と、伯爵が勢いよく転び、後頭部をしたたかに床に打つ。

「ッの！」

そこに今までの恨みを込めるかのような、オリガさんの強烈な蹴りがどてっ腹に炸裂し、彼は意識を手放した。おおう、痛そう。

大使としてあるまじき行為ではあったが、誰からも文句は出なかった。

◇　◇　◇

「将軍からの報告だと、実行犯は給仕係と毒見役の二名。バルサ伯爵の屋敷からはグラスに塗られていた毒と同じ毒が見つかったそうだ。加えて本人がスゥを誘拐しようとしたことも自供した。これで一件落着だな」

公爵が王宮の一室で椅子に腰掛け、嬉しそうに語り出した。

部屋には公爵の他に、国王陛下、ユミナ姫、ユエル王妃、シャルロッテさんが椅子に座り、テーブルを囲んでお茶を楽しんでいた。

「伯爵はどうなるんですか？」

「国王暗殺など、反逆罪以外の何物でもないからな。本人は処刑、家は財産没収の上お取り潰し、領地は闕所となるな」

まあ、普通そうだろうなあ。なんとも罪悪感を……感じないのはなんでだろうな。自業自得だしな。同情の余地はないか。

「伯爵の家族とかは？」

「連座して全員処刑……というのもな。家族は貴族の身分を剥奪されて、国外追放だな。と、いっても奴には妻子はいないが。親族もすべて獣人差別者だったのでちょうどいい。これで兄上の邪魔をする奴らがだいぶ減るだろう」

嬉しそうに公爵が話す。なるほど。この事件を見せしめに、他の獣人差別の貴族たちを牽制しよう、と。

「それにしても、そなたには大変世話になったな。余の命を救ってくれた恩人に報いたいのだが、なにか希望はあるかね？」

王様が僕にそう切り出してきたが、正直なところ今現在困っていることはない。

「いえ、どうかお気になさらず。僕はたまたま公爵のところに訪れただけです。それが国王陛下にとって運が良かった。その程度に考えて下さい」

本当に大したことしてないしな。【リカバリー】だって元をたどれば神様のおかげだし。こんなんでお礼なんかもらったらバチが当たる。……ん？　バチって神様から当てられるのかしら。落雷だけは勘弁だ。

「相変わらず冬夜殿は欲がないな」

公爵が苦笑しながら飲んでいた紅茶をテーブルの受皿に戻す。

「知り合いが困っていたら助けるのが普通でしょう？　別に見返りが欲しくて助けているわけじゃないし。助けたいから助ける。それだけですよ」

本心だ。逆にバルサ伯爵なんかが、助けてくれ〜って来ても助けたかどうか。僕は公爵の人柄を知っているし、その人が困っているから力を貸したに過ぎない。

「なんとも不思議な方ですね、あなたは。【リカバリー】と【スリップ】、無属性魔法をふたつも使いこなす人なんて、なかなかいませんからね」

シャルロッテさんが微笑みながら、僕に語りかける。宮廷魔術師に魔法を褒められるのは、なんともこそばゆい。

「いや、冬夜殿は他にも無属性魔法を使えるぞ。今回も【ゲート】を使って王都に来たのだし。毒を検知したのも、確か将棋を作ったのも無属性魔法と言ってたな」

「え？」

公爵の言葉にシャルロッテさんが固まる。あー……正直に言うべきかしら。

「えーっと、はあ、まあ。無属性魔法なら全部使えます。おそらくですけど」

習得に失敗したことないし。あ、【アポーツ】のとき一回失敗したか。でもちゃんと習得できたしな。

「全部……!?　それが本当なら……と、とんでもないことですよ！　ちょっ、ちょっと待ってて下さい！」

シャルロッテさんが慌てふためいて部屋を出て行く。……なんかまずいこと言ったかな……。

「将棋も冬夜殿が作ったのか。アルに勧められて始めてみたが、あれは面白いな！　すっかり夢中になってしまった。しかし、魔法で作ったというのはどういうことだ？」

あ、やっぱり王様もハマったのか。似た者兄弟だなあ。

僕はテーブルにあったグラスを手に取り、【モデリング】を使う。ガラスの器がたちまち形を変え、三十秒ほどで十センチほどの高さの、威風堂々とした王様のフィギュアが完成した。

「とまあ、こうやって、ですね」

王様に完成したフィギュアを渡す。本人が目の前にいたから細かいところまでリアルにできた。ガラス製だから落としたら割れてしまうけど。

「こっ、これはすごいな……。似たような魔法を使える者が、皇国にもいたが……なんという細やかかな……」

皇国……リーフリース皇国だっけ？　隣の国の。無属性魔法は個人魔法。同じ魔法じゃなくても、似たような魔法を使う人はけっこういるのかもしれない。

王様が陽の光にかざし、キラキラと輝くフィギュアに感嘆しているのを見て、続けて他のグラスを使い、もう二体造り始める。やっぱり家族揃ってないとな。

しばらくして王妃様と姫様のフィギュアが完成した。それぞれご本人に渡す。二人とも喜びながらそれを受け取り、互いのフィギュアを見せ合ってから、テーブルに三体並べた。

うん、やっぱり三人揃ってると絵になるな。

「いや、素晴らしいものをもらってしまったな」

「元はここのグラスですから。逆にグラスを使えなくしてしまってすいません」

ぺこりと王様に頭を下げる。顔を上げると物欲しそうな公爵の顔が見えた。わかりやすい人だなあ。

「……公爵のご家族のも今度お造りしますよ」

「本当かね!? いや、悪いね！」

どうせ造るならスゥとエレン様、本人がいた方がうまく造れるしね。

公爵の現金さに苦笑いしているところへ、バンッ！　といろいろな物を抱えたシャルロッテさんが飛び込んできた。

鬼気迫る顔付きで、彼女は僕に近づき、羊皮紙に書かれた物を目の前に広げた。

「こっ、これが読めますか!?」

ずずいっと迫り来るシャルロッテさん。なんなんですか、怖いんですけど！

強迫観念に駆られ、羊皮紙に目を通すが、見たこともない言語で書かれていてさっぱり意味がわからない。

「……読めません。なんですか、これ？」

「読めないんですね？　それじゃあこっちの無属性魔法は使えますか？」

今度は一緒に持ってきた、分厚い本のあるページを示してきた。これは読める。えーっと、無属性魔法【リーディング】？　いくつかの言語を解読可能にする魔法か。ただし、言語を指定する必要がある。なるほど。これを使えれば読めるわけか。

っていうか、最初からこれがあったらリンゼに字を習うこともなかったのになあ。

「多分使えると思いますけど……。この言語が何かわかります？」

「古代精霊言語です。ほとんど読み解ける人はいません」

んー、ま、試(ため)してみるか。

「【リーディング／古代精霊言語】」

魔法(まほう)を発動させる。羊皮紙を手に取り、目を通す。……う……ぬ……。

「これは……」

「よっ、読めるんですか⁉」

キラキラとした瞳で僕を見つめるシャルロッテさん。それに対してどんよりとした瞳で見つめ返す僕。

「すいません……読めるんですけど、意味がわかりません……」

「読めるけど……わからない⁉　ど、どういうことですっ⁉」

「え、と……『魔素における意味のある術式を持たないデゴメントは、魔力をぶつけたソーマ式においてのエドスの変化を……』といろいろ書いてあるんですが、なんのことやらさっぱり……」

わからん。「読める」ことと「理解できる」ことは別物だ。僕の頭には難解過ぎる。

「読めるんですね！　すごいです、冬夜さん！　これで研究が飛躍的に……！　すいません、こっちのも読んでもらえますか!?」

「ちょ、ちょ、ちょっと待って下さい！」

ものすごい勢いで迫って来るシャルロッテさんを、引き気味で遮る。鼻息荒いですよ！　こわあ！

「シャルロッテ。少し落ち着かんか」

「はっ！　す、す、すいません！　つい夢中になってしまって……！」

王様の言葉で我に返った宮廷魔術師は、かーっと赤く顔を染めて俯(うつむ)いた。

「まあ、お前が古代精霊魔法をずっと研究していたのは知っておるから、その気持ちはわからんでもないがな」

「そうなんです！　今までは単語をひとつひとつ見つけて解読に当てるとか、長い年月をかけても間違(まちが)った解釈だったりした状態だったのに、一瞬(いっしゅん)ですよ！　冬夜さん！　ぜひ解読に協力してください！」

え？　こんなのを読み続けるの……？　延々と？

「ちなみに、それはどれくらい……？」

「そうですね、数え切れないほどありますが……まず、古代文明パルテノが残した、」

「はい、そこまで！」

数え切れない、の時点で勘弁だ。たまにならいいが、それを仕事にする気はない！　僕は翻訳家になりたいわけじゃないし。

僕の拒絶にこの世の終わりのような顔をするシャルロッテさん。そんな顔をされてもなあ……。

あ、そうだ。

「すいません、陛下。グラスをもう一ついただいても？」

「かまわんが？　また何か造るのかね？」

えーっとガラスの部分はこれでいいとして、金属の部分は……銀貨でいいか。

取り出した銀貨とグラスに【モデリング】を発動させて形を整えていく。銀貨でフレームを造り、ガラスをそれに嵌め込んで完成。

単純な造りではあるが、眼鏡である。レンズ部分はただのガラスなので伊達眼鏡だが。

ガラスのフィギュアを造るのを見ていなかったシャルロッテさんだけが驚いていたが、これで終わりじゃない。

今度はこれに【エンチャント】で魔法の効果を付与させる。

「【エンチャント：リーディング／古代精霊言語】」

眼鏡がぼんやりと光を放ち、やがて消えた。そしてそれを手にして、僕は自分でかけて羊皮紙を見る。うん、大丈夫。すぐに外し、シャルロッテさんにそれを手渡した。

「同じようにかけてみて下さい」

「え？　はあ……」

言われるがままに伊達眼鏡をかけるシャルロッテさん。おおう、思ってた以上に似合うな。眼鏡美人の誕生だ。

羊皮紙をシャルロッテさんに渡す。

「ではそのままこれを読んで下さい」

「え？　……『魔素における意味のある術式を持たないデゴメントは、魔力を……』……よ、読めます！　私にも読めますよう！」

よし、成功だ。翻訳メガネ、ここに誕生せり。

持ってきた他の羊皮紙にも目を通し、嬉しさのあまり、はしゃぎまわるその姿は、とても大人の女性とは思えない可愛らしい姿だった。

「一応、効果は半永久的に続くと思いますけど、もし効果が切れたら教えて下さい」

「はい！　あっ、あの、これっていただけるんですか⁉」

「どうぞ。差し上げます」

「ありがとうございます！」

やれやれ、これで翻訳家にジョブチェンジしないですんだな。

シャルロッテさんは喜びまくって、さっそく研究を始めたいので！　と言い放ち、風のように去っていった。

「すまんな。あの子は夢中になると他のことが見えなくなるところがあって……。魔法に関しては我が国一の才媛なのだが……」

「あら、そこがあの子のいいところですわよ？」

「……ま、喜んでもらえてなによりです」

王様の困ったもんだ、という顔に、横でクスクスと笑う王妃様。それを見ながら椅子に腰を下ろし、冷めてしまった紅茶を飲む。冷めても美味いのは一級品だからだろうか。

じ——っ……。
じ————っ……。
じ——————っ……。

じ――――――っ……。

……うん、さっきからずーっと見られてるの。

誰にって、お姫様ですよ。碧と翠のオッドアイが僕を捉えて離さないのです。ターゲットロックオン、な感じです。何か気に障るようなことしたかな……？　心なしか彼女の顔が赤いような……。

ふっ、と視線による攻撃が止まる。ちら、とお姫様の方を見ると、席を立ち、視線は国王陛下と王妃様の方に向いていた。

「どうしたユミナ？」

「お父様、お母様。私、決めました」

なにを決めたんだろう？　と、横目でうかがいながら、再度冷めた紅茶を口にする。

やがて顔を真っ赤にさせながら、彼女はその言葉を口にした。

「こっ、こちらの望月冬夜様とっ……けっ、結婚させていただきたく思いますっ！」

ぶ――――――ッツ！！！

お姫様の爆弾発言に、冷めた紅茶が宙を舞った。

今、この子なんて言った？　結婚？　血痕？　結構？　あ、決闘か。「こちらの望月冬夜様と決闘させていただきたく思います」うん、わけわからん。

「……すまんが、もう一度言ってもらえるかな、ユミナ」

「ですから、こちらの望月冬夜様と結婚させていただきたいのです。お父様」

「あらあら」

国王陛下の言葉に、もう一度同じことを口にするユミナ姫。王様の隣に座るユエル王妃は目を大きく見開いて、娘を見つめていた。

公爵の方も驚いたのか、視線が兄と姪の間を行ったり来たりしている。

「理由はなんだ？」

「はい。お父様を救っていただいた、というのもありますが……冬夜様は周りの人を笑顔にしてくれます。アルフレッド叔父様や、シャルロッテ様、みんなを幸せにしてくれます。そのお人柄もとても好ましく、私はこの人と一緒に人生を歩んでみたいと……初めてそう思えたのです」

「……そうか……。お前がそう言うのなら反対はしない。幸せにおなり」

「お父様！」

「ちょぉっと待ったあぁっっ！」

手を上げて親娘の会話をブッタ斬る。ここで介入せねば、ややこしい事態になりかねない。いや、もう充分ややこしくなってますが！

「あのですね、勝手に話を進められても困るんですけれども！」

「おお、すまない。冬夜殿、そういうわけで娘をよろしく頼む」

「いやいやいやいやいやいやいや！　おかしい！　王様、あんたおかしい！」

王様をあんた呼ばわりしてしまったが、そんなこと気にしてられない。こちとら人生がかかってるのだ！

「仮にも一国の姫を、どこの馬の骨ともわからん奴と結婚させていいんですか⁉　実は極悪人かもしれませんよ⁉」

「その辺は間違いない。ユミナが認めたのだから、最低でも君は悪人ではない。そういう『質』がわかるのだよ、この子はね」

は？「質」がわかる？　どういうこと？

「ユミナはね、『魔眼』持ちなんだよ。人の性質を見抜く力を持っているんだ。まあ、直感と似たようなものだけれど、ユミナの場合、外れたことはない」

公爵が説明してくれたが、簡単に言うと本能的にいい人と悪い人を見極められる、ということか？　あのオッドアイにはそんな力があったのか。まあ、バルサ伯爵みたいなやつなら僕にも悪人だとわかるけど、その能力が本当なら、悪い男には引っかからないだろうな。

そんな姫様に、いい人と言われて悪い気はしないが、それとこれとは話が別だ。

「……だいたいユミナ姫はいくつです？」

「十二になったばかりだな」

「まだ、結婚とかには早すぎるんじゃ……！」

「いや、王家の者はたいがい十五までには婚約して相手を決めるぞ。私も妻と婚約したときは十四だった」

ぐっ。これだから異世界は。僕が苦虫を噛み潰したような顔をしてると、コートの袖をぎゅっと掴まれた。

「冬夜様は私がお嫌いですか……？」

ユミナ姫が悲しそうな瞳で見つめてくる。ちょ、それ反則！　ズルいから！

「あー……嫌いじゃ、ない、んだけど……」

正確には好き嫌いを決めるほど、あなたを知らないので。

「でしたらなにも問題はありませんね！」

コロッと笑顔を浮かべるユミナ。……かあいい。じゃなくて！

どうする？　確かにこの子を嫌う要素はまだないし、僕も別に好きな人がいるわけじゃない。親も公認だし、生活費にも困らないだろう。アレ？　断る理由がない？

いや！　結婚は人生の墓場！　イトコの兄ちゃんがそう言ってた！

兄ちゃんはできちゃった婚で、三年でいきなり離婚届を突きつけられた。理由はわからない。そして奥さんにねだられてローンで無理して買った家をあっさり追い出された。そのあとは遠く離れて暮らす子供のために、高い養育費をずっと払い続けた。だけど、元・奥さんはその金をほとんど自分のことに使って好き勝手してたらしい。正月とかに親戚で集まると、みんなに慰められながら兄ちゃんは酒を注がれていた。

そんな疲れた兄ちゃんの顔が、いま僕の脳裏に思い浮かぶ。

よし、僕は独身貴族を貫くぞ！　貴族じゃないけど！

「……僕の故郷では男は十八、女は十六になるまでは結婚できないんですよ。それに僕は姫様のことをなにも知らないし、まだ結婚とかは考えられません」

「冬夜さんはおいくつ？」

「十五です。じきに十六になりますが」

ユエル王妃の質問にそう答える。確かあと二ヶ月ほどで誕生日を迎えるはずだ。あっちの世界と日にちが合ってるかまでは自信がないが。

「ということは、結婚式は二年後ですね。それまでにユミナのことを知っていただければ問題はないわけです。とりあえず婚約ということにして、冬夜さんにも考える時間を与えましょう」

いやいやいやいや、二年経ったところでユミナ姫は十四でしょうが！　やばい、この王妃さんもおかしい！

「冬夜殿」

「うはぁい!?」

王様の呼びかけに変な声が出た。仕方ないだろう、この場合！　かなりパニクってるのが自分でもわかる！

「二年間、ユミナのことを知ってみて、その上で結婚は考えられないというなら諦めよう。まずはそこからということでどうかね？」

「はあ……まあ、それなら……」

いきなり結婚よりは数倍マシだし、しばらくすれば熱も冷めて、他の男に目がいくかもしれないしな……。さらに現実を見て、結婚する気がなくなれば万々歳だ。これ以上押し問答しても仕方ないか……。

観念して僕は先方のいうことを受け入れることにした。

「よかったですね、ユミナ。二年の間に冬夜さんの心を射止めなさい。それができなかったときには、修道院で一生を送ることを覚悟するのですよ」

「はい！　お母様！」

「ちょっ！　ナニソレ⁉」

やっぱり早まった！　重い！　重すぎる！　なんだこれ、少しずつ逃げ道を封じられていってる気がする！

なんで僕がフッたらこの子が一生結婚しないってことになるのか？　もっといい人探せばいいじゃん！

「これからよろしくお願いしますね。冬夜様」

姫様の輝くような笑顔。それに対して僕は乾いた笑いを浮かべるしかなかった。イトコの兄ちゃんが「俺のようにはなるなよ」と声をかけてきた気がした……。

「なにやってんのよ、あんたは？」

「いや、自分でもなにがなんだかわからない……」

「銀月」に戻った僕が、一連の事件をみんなに話すと、エルゼから呆れた声をかけられた。

「冬夜殿が結婚でござるか……」

「びっくりですね……」

八重もリンゼも呆れた顔をして、僕の左腕にしがみつく少女に目を向ける。

そう。ついてきてしまったのだ。この国の王女様が。

ユミナ・エルネア・ベルファスト様が。

「ユミナ・エルネア・ベルファストです。皆様よろしくお願いいたします」

礼儀正しくみんなの前で頭を下げて、挨拶をするユミナ姫。嬉しくて仕方がないといった笑顔が、僕の胸を重くする。

「で？　なんでお姫様がここにいるのでござる？」

「はい。お父様の命で、冬夜様と一緒に暮らすことになりました。花嫁修行というそうです。なにぶん世間知らずでご迷惑をおかけすると思いますが、なにとぞよろしくお願いいたします」

そうなのだ。あの後、姫様を押し付けられた。なに考えてんだ、あの王様。相手のことをよく知るためには近くにいることが一番肝心だとかなんとか。せめて護衛ぐらいつけろよ！　娘が心配じゃないのか。まさか天井裏に護衛の忍者とかいないよな？

そんなことを思い浮かべたタイミングで、ガタッと天井裏から物音がした。……ネズミだよ、ね？

「一緒に暮らすって、ここで？　お姫様なのに、大丈夫なの……なんですか？」

エルゼの言うこともも っともだ。僕もそう思う。今まで大勢の使用人に囲まれて生活していた者が、全て一人でやっていくことなどできるとは思えない。

正直、辛さを感じて逃げ帰ってくれることを願う自分がいる……。

「どうか敬語はおやめください、エルゼさん。とりあえず自分のできることから、冬夜様のお手伝いをしていきたいと思います。足手まといにならないように頑張ります！」

胸の前に両手で小さい握り拳をつくり、やる気まんまんなポーズをとる。……かあいい。じゃなくて。

「……具体的には？」

リンゼから質問の手が上がる。

「まずは皆さんと同じくギルドに登録して、依頼をこなせるようになりたいと思います」

「「「え!?」」」

みんなの声がハモる。ギルドに登録って……冒険者になるつもりなのか!?

「ちょ、姫様？　ギルドで依頼を受けるって、意味わかってる⁉　危険なこともたくさん――――」

「わかっています。あと、姫様はやめて下さい。どうか『ユミナ』と呼んで下さい、旦那様」

「旦那様はやめて！」

「では、ユミナ、と」

にっこりと微笑む姫様……もといユミナ。ぬう。意外としたたかだぞ、この子。小さいナリして侮れん。

とりあえず旦那様はもちろん、冬夜様もやめてもらった。「ユミナ」、「冬夜さん」、で。

「シャルロッテ様から魔法の手ほどきと、弓による射撃術を学んでおりました。そこそこ強いつもりですよ、私」

「弓と魔法……確かに遠距離攻撃は助かるでござるなあ。魔法の適性はなんでござる？」

「風と土と闇です。召喚獣はまだ三種類しか呼べませんけど」

風と土と闇。ちょうどリンゼが使えない属性だな。実力はまだわからないけど……。

「うーん、どうする？」

エルゼがリンゼと八重の方を向いて腕を組む。どうする、とは、この子をパーティに入れるのかどうか、という確認だろう。

「……とりあえず様子見で、なにか依頼を受けてみる、のは……？」

「なるほど。実力を見てから、ということでござるな？」

「そだねー、まあ、危なくなったら冬夜が護ってあげればいいのか。じゃあ決まりね」

いろいろツッコミたいところだが、藪蛇になりそうなので黙っておく。っていうか、雰囲気的に僕に発言権なんか無いような気がするし。

とりあえず明日ギルドに行って、ユミナの登録をするということで決まったらしい。

それからミカさんに彼女の部屋をとってもらって（僕と同じ部屋でいいと言い出したが、断固拒否した）、みんなで食事をし、明日に備えて寝ることにした。

部屋に戻り、やっと一人になると僕はベッドに倒れこんだ。疲れた……。ものすごく疲れた……。

泥のように眠りたい僕の耳に、久しぶりの着信音が聞こえてきた。スッペの「軽騎兵」。軽やかな曲が、今の僕にはいささかイラッとする。

懐からスマホを取り出すと「着信　神様」の文字。

「……もしもし」

『おお、久しぶりじゃな。冬夜君、婚約おめでとう』

「……なんで知ってるんですか。……って神様なら知っててもおかしくないのか……?」

『はっはっは。たまたまじゃよ。久しぶりに君の様子を見てみたら、なんか面白いことになっておるのう』

神様の楽しそうな声が聞こえてくる。

「面白くないですよ……この歳で結婚とか考えられませんよ」

『いい子じゃないか。不満かね?』

「いや、そりゃあユミナは可愛いし、将来、かなりの美人になると思いますよ? 性格も素直で好ましいし。でもそれとこれとは別ですよ」

『堅いのう。そっちの世界は一夫多妻も普通なんじゃから、気に入った娘がいたらどんどん嫁にしていけばいいのに』

そうだったのか……。公爵も王様も奥さん一人だったから、てっきり……。いやいや、そういう問題でもない。僕にハーレム願望はないぞ。

『まあ、君がこれからどうなるかみんな楽しみにしているんでな、頑張ってくれよ?』

「勝手なことを……ん? ……みんなってなんです?」

『神界の神々じゃな。君を見せたらみんな関心を持っていたようじゃぞ? 面白半分だろうが』

え？　それってどういうこと？　神様って一人じゃないの？

「神々？　あなた以外にも、他にいるんですか？」

『おるよ。一応ワシが一番上の世界神じゃが、他に下級神として、狩猟神、恋愛神、剣神、農耕神とかいろいろな。特に恋愛神は興味津々じゃったな』

　人の色恋沙汰に首を突っ込むなよ、恋愛神。

『君の結婚式には親戚一同として出席しようとみんなで盛り上がってな。あ、ワシは祖父役で出るから』

「あのですねえ……」

　神様たちって暇なんだろうか。新郎側の出席者が全員神様って、どういうことだよ。たしかに親戚とかこっちの世界にはまったくいないけど。

「送り出したらもう干渉できないって言ってませんでした？」

『正確には「世界神としてはあまり」干渉できない、じゃな。人間として下界に降りるなら問題ないじゃろ』

　充分問題あるような気もするが……。ツッコんだら負けな気がする。僕らの世界でも神話の神々がほいほいと地上に降りてきてたようだしな。

『まあ、とにかく応援しとるよ。よく考えて後悔しない生き方をしなさい。君には幸せになってほしいからの。では、またな』

「はあ……」

曖昧な返事をして電話を切る。後悔しない生き方、か。

十二の子と婚約ってどうなんだろう……。高一男子が小学六年の女子とって考えると、ものすごい歳の差を感じるけど、年齢差四つって考えるとたいしたことないのか……?

ウチの両親六つ違いだし。芸能人とかで三十歳もの歳の差婚とかあったしな。

だいたいまだ女の子と付き合ったこともないのに、結婚とかピンとくるわけない。

もう、わけわからん。今日はもう寝よう。そうしよう。

翌日、僕らは連れ立ってギルドへ向かった。
町を歩くにはユミナの服はあまりにも煌びやかで目立つため、エルゼとリンゼから服を借りて着ている。

胸元にリボンをあしらった白いブラウスと黒の上着、紺のキュロットに黒のニーソックス。他人の服なのに落ち着いた感じでよく似合っている。ちょっとサイズが大きい感じはするが。

長い金髪は三つ編みでひとつにまとめられ、動きやすいようにされていた。

僕としてはオッドアイの方が目立つんじゃないかと思っていたが、この世界ではそうでもないらしい。オッドアイが魔眼持ちとは限らないんだそうだ。

これで見た目だけなら普通の女の子の出来上がりなわけだ。かなり美少女の部類に入るのを、普通と言うかどうかは置いとくとして。

「ちょっと気になったんだけどさ、ユミナが冬夜と結婚したら、次の王様って冬夜になるの？」

「そうですね。そうなっていただけると嬉しいんですけど。そのためには、貴族たちや国民に冬夜さんのことを認めさせねばなりませんが。まあ、私に弟が生まれたら、その子が継ぐことになるでしょうけど」

ギルドへの道すがらにエルゼとユミナの会話を聞いて、王様に心からのエールを送った。頑張れ、僕の幸せのために。なんとかもう一人お子様を。あとでスタミナドリンクの作り方とかスマホで調べておこうかしら……って違う！　これじゃユミナと結婚することが前提になってるじゃん！

「僕はこの国の王様になる気はないぞ……」

「存じております。叔父様のところに男の子が生まれるとか、そのっ、わっ、私たちの間に生まれた子供が男の子なら、その子が継ぐという方法もありますしっ！」

私たちの間に、ってなんですか。あと、自分で言っておいて、顔を真っ赤にするのはやめて。こっちにもうつりますから。

ギルドに行く前に「武器屋熊八」に寄って、ユミナの装備を揃えることにする。お金はあるのかと尋ねたら、王様から餞別に貰ったとジャラッとお金の入った袋を見せてきた。嫌な予感がして中身を見せて貰ったら、中身は白金貨で五十枚。餞別に五千万円はちと多すぎだろ……。

熊八の店主、バラルさんに弓を見せてもらう。王都ほど品揃えは良くないが、それなりにここはモノが揃っているのだ。その中から何本か選び出すと、ユミナは弦を引いたりして感触を確かめ、丈の短い軽めのM字型合成弓、コンポジットボウを選んだ。

飛距離よりも扱いやすい速射性を選んだのだそうだ。確かにロングボウでは小さな彼女では扱いにくそうだな。

一緒に矢筒と百本の矢をセットで購入。白い革鎧の胸当てと、お揃いでブーツも買った。

よし、これで一応準備はＯＫかな。

いつものように賑わうギルドにユミナを連れて入る。

ギルドにいる人たちがこれまたいつものように、ちらっとこちらに視線を向け、一部の男たちは僕の方にきつい視線を投げてきた。

初めのうちは理由がわからなかったが、今ではわかる。

エルゼやリンゼ、八重もだが……贔屓目に見なくてもかなり可愛い。そして、その可愛い女の子たちと一緒にいる僕への視線がこれだ。トゲトゲしいのである。

事実、彼女たちのいないところで「気にいらねえんだよ」「ちょっとツラ貸せや」と絡まれたこともある。まあ、丁重に気を失っていただいたが。

ま、この手の輩は相手にしないに限る。

僕がユミナを連れて受付のお姉さんに彼女の登録をお願いしている間に、エルゼたちは依頼書のボードのところにいき、内容をチェックする。

登録を済ませ、僕とユミナがみんなのところに戻ると、エルゼが一枚の緑の依頼書を手にしていた。

「なんか手頃なのあった？」

「んー、まあこれとかどうかなって」

手渡された依頼書。討伐依頼だな。えっと、

「キングエイプ五匹……。どんな魔獣だっけ？」

「大猿の魔獣、です。数匹で群れをつくり、襲いかかってきます。あまり知能は高くないので罠などによく引っかかったりしますが、そのパワーは要注意です。私たちのレベルなら、ほぼ問題なく狩れるかと」

力押しのパワーモンスターってとこか。それにしても「キング」がたくさんいて群れてるって、なんか違和感を感じるな。リンゼの説明を聞いてそんなことを考えつつ、依頼書を横のユミナに手渡した。

「どう？　大丈夫そう？」

「問題ありません。大丈夫です」

僕らのギルドカードは緑だが、ユミナのカードは当然、初心者の黒だ。僕らのランクに合わせる必要はなかったのだが、ユミナが緑でいいと譲らなかった。

黒、紫、緑、青、赤、銀、金と変わっていくランクだが、それぞれ、

黒　初心者。
紫　冒険者見習い。
緑　冒険者。
青　ベテラン冒険者。
赤　一流冒険者。
銀　超一流冒険者。
金　英雄（えいゆう）。

と、こんな感じらしい。当然、上のランクに上がるにつれてランクアップは難しくなっていく。ちなみにゴールドランクの冒険者はこの国にはいない。英雄はそうゴロゴロいないってことか。

とりあえずキングエイプ討伐（とうばつ）の依頼書を受付に持っていき、受理してもらう。場所はここから南、アレーヌの川を渡った先の森だそうだ。

生憎（あいにく）と南の方には行ったことがなかったので、【ゲート】は使えず馬車を借りて行くことにした。

御者席にはエルゼとリンゼが座り、荷台に僕と八重、ユミナが座った。ちなみにユミナも馬が扱えるそうだ。お姫様なのに。いや、お姫様だからか？　遠乗りとかそういうのをしていたとか？　ひょっとしてこの世界じゃ馬を扱えないのが少数派なんでしょうか……。

「んー、毎回馬車借りるのもなんだから、買った方がいいのかなあ」

「馬車もピンからキリまであるでござるが、けっこうするでござるよ？　それに馬の世話をするのも大変でござる。『銀月』にずっと預けて置くわけにもいかんでござるし」

そうだよなー。一長一短だな。正直、馬の世話なんか僕にはできない。世話もできないのに生き物なんか飼うべきじゃないか。

そんな会話をしながら馬車は進み、三時間後、僕らはアレーヌの川を渡り、南の森へと到着した。

さて、キングエイプはどこにいるのやら。【サーチ】で検索できればいいのだが、五十メートル圏内に魔獣がいたら普通気付くよな。【ロングセンス】を使ってもいいのだが、あれは遠距離に感覚だけの分身を作るようなモノで、結局一人で森の中を探すのと変わらないからなあ。危険度は減るけど。

スマホのマップで見るとそれなりに大きな森だ。ここから特定の魔獣を探すのは大変だな。マップの検索機能は生き物や魔獣まで探してくれないしな……。

やっぱり地道に探すしかないか。僕らが森の中へ足を踏み入れようとすると、ユミナがそれを止めた。

「すいません、森に入る前に召喚魔法を使っていいですか？」

「召喚魔法？　なんか呼ぶの？」

「はい。キングエイプを探すのに多分役に立つと思います」

ユミナは僕らから少し離れて魔法を発動させ始めた。

「【闇よ来たれ、我が求むは誇り高き銀狼、シルバーウルフ】」

呪文を唱え終わると、ユミナの影から次々と銀色の狼が現れた。全部で五匹。大きさは一メートルくらい。嬉しそうに尻尾を振りながら、ユミナの周りを回っている。一匹だけ少し大きく、額に十字の模様がある狼がいた。

「この子達にも探してもらいます。離れていても私と意思の疎通ができるので、発見したらすぐわかります」

なるほど。犬……じゃなかった狼か。その嗅覚があれば発見するのも早いかな。

「じゃあ、みんなお願いね」

ユミナが命じると、ウォンッとひと吠えしてみんな森の中へと駆けていく。これが召喚魔法か。前に見たリザードマンの時も思ったけど、僕も使えるかな。

森の中へ歩を進めながら、ユミナに尋ねてみる。

「基本的には呼び出した魔獣と契約さえできれば、習得できますよ。あの子たちの契約条件は難しくなかったので、楽に契約できました。中には『戦って力を示せ』、『自分の問いに答えろ』、とか言ってくるのもいます。強ければ強いほど、従わせるのが難しくなっていきますね」

なるほど。強い召喚獣ほど条件が厳しいのか。当然といえば当然だが。

辺りを探りながらそんなことを考えていると、ユミナが急に立ち止まる。

「……あの子たちが見つけたようです。あ、でもちょっと多いですね。七匹います」

「七匹……どうする？　依頼は五匹だけど」

エルゼがガントレットを打ち鳴らす。

「一気に殲滅、の方がいいと思います。一匹でも逃すと仲間を呼ばれる可能性もあるので」

リンゼの考えに僕も同感だ。ひょっとして七匹以上いるのかもしれない。今のうちに叩いておいた方がいいだろう。

「ユミナ、キングエイプたちをこっちにおびき寄せることってできる？」

「可能ですけど……どうするんですか？」

「罠を張っておこう。落とし穴ぐらいなら土魔法ですぐできる」

土魔法で何個かの落とし穴をユミナと作り、僕らは木の陰に隠れる。やがて、ゴガァァア！　という雄叫びと共に、ユミナの狼たちを追いかけて、数匹の大猿が姿を現した。ゴリラより少し大きく、牙が長い。耳が尖っていて、目が真っ赤なその猿は、凶暴そうな顔つきで狼たちを追いかけてくる。

地面に偽装してある落とし穴手前で、狼たちは大きくジャンプし、罠を跳び越える。それを疑問にも思わず、大猿たちはまっすぐに突っ込み、見事に落とし穴に落ちた。

「ゴガァオォ⁉」

「今だ！」

木の陰から僕と八重、エルゼが飛び出す。罠にはまったのは三匹。胸の高さまで地面に埋まり、なんとか這い出ようともがいていた。

そのうちの一匹の目に、深々と矢が刺さる。ユミナか。その大猿の失われた目の死角から、八重が斬りかかり、首の頸動脈を断ち切った。

「【炎よ来たれ、渦巻く螺旋、ファイアストーム】」

罠にかかったもう二匹をリンゼの呼び出した炎の竜巻が襲う。あっという間に二匹は黒焦げになり、その弱ったキングエイプに僕とエルゼがとどめを刺した。

一息つく間もなく、森の奥から残りの四匹が姿を現す。その太く大きな腕を振り回しながら、雄叫びと地響きをあげて、僕らに向かってきた。

「【スリップ】！」

「ウガッ⁉」

突っ込んできた勢いのままに、先頭の一匹が僕の魔法で転倒する。その倒れた大猿に次々と放たれた矢が突き刺さった。最後にそいつの胸めがけて飛び込んだ八重が体重をかけて刀を突き刺し、大猿の心臓はその動きを止めた。

「【ブースト】！」

その横では身体強化の魔法を発動させたエルゼがキングエイプの懐に飛び込み、腹部を連続で強打していた。彼女の打撃に堪えられず、そのまま倒れた大猿にユミナの狼たちが襲いかかる。

残り二匹。

「【雷よ来たれ、白蓮の雷槍、サンダースピア】！」

「【炎よ来たれ、紅蓮の炎槍、ファイアスピア】！」

ユミナとリンゼの魔法が放たれる。風属性と火属性、二本の魔法の槍が二匹の大猿の胸に突き刺さった。

グゴガァアァ！　と断末魔をあげて、貫かれた二匹が倒れる。

おお、凄い。魔法の腕もリンゼ並みか。ということは六属性魔法では僕より上だな。どうも僕は魔力の調整がうまくできないからか、今のところ上位魔法、特に攻撃魔法はなかなか習得できない。光属性は割と得意だけど。

七匹のキングエイプは全て倒されていた。これで戦闘終了か。思ったより簡単に片付いてよかった。

ユミナの影に五匹の狼たちが飛び込んでは消えていく。

「あの、私、どうでしたか？」

ユミナが言っているのは、みんなの足手まといにならなかったか、という問いなのだろう。はっきり言って足手まといどころかすごく助かった。援護射撃というものがこうも効果的だとは思わなかったし。

「実力的には問題ないわね」

「魔法もなかなかのもの、です」

「やはり後方支援は助かるでござるなあ」

次々と出るユミナの実力を認める肯定的な意見。その通りなんだけど……やっぱり十二歳の子を危険な目にあわすのはどうかと……うーん。

考え込む僕を不安そうな顔で見つめ続ける少女。だからその目は反則だと……。まさかこの子、わかってやってないよね？

「……これからよろしく頼むね、ユミナ」

「はい！　おまかせください！　冬夜さん！」

こぼれるような笑顔で、僕に抱きついてくるユミナ。ちょっ、そういうのは勘弁して！

みんな見てるからぁあ！

なんとか彼女を引き剥がして、キングエイプの個数確認部位である耳を集めていく。

「しかし、ユミナが入ると女の子四人に僕だけ男一人か……」

小さくため息をつく。

「なにか、問題が？」

リンゼが首を傾げている。無自覚なのがまた困る。

「三人とも気がついてないかもしれないけど、ギルドとかで目立つんだよ……そしてそれに対する僕への視線が痛い」

「？　なんでござる？」

「そりゃ可愛い女の子に囲まれていたらやっかみも受けるよ。エルゼにリンゼ、八重もみんな特に可愛いんだからさ」

「「「え？」」」

みんな固まる。なんだ？　変なこと言ったか？　可愛い女の子に囲まれてる奴がいたら

「チッ！」てなるよ、男なら。

「ま、また、なに言ってるのよ、冬夜。冗談ばっかり。可愛いとか……」

「え、なにが？」

「「「……」」」

なんでみんな顔が赤くなる？

「じ、じゃあ、か、帰ろうか！」

「そ、そうだね、お姉ちゃん！」

「か、帰るでござるよ！」

森の中を足早に三人ともズンズンと行ってしまった。なんだありゃ……。

くいくいとコートの袖が引かれる。

「冬夜さん、私は？　私は可愛いですか？」

「？　普通に可愛いと思うけど……？」

「えへへ」

ユミナは照れ笑いを浮かべながら、また僕に抱きついた。だからやめなさいって！

それから馬車に戻り、【ゲート】を発動させて、リフレットに戻った。

それにしても召喚魔法か……。まだ闇属性には手を出してなかったんだよね。初めに見たのがリザードマンだったから、なんかイメージ悪くて……。

　ああいう動物系もいるなら一匹くらい契約してみようかなあ。今度ユミナに教えてもらうか。

「闇属性の召喚魔法は、まず魔法陣を描き、対象を召喚することから始まります。何が召喚されるかは全くのランダムで、魔力や術者本人の質などに左右されるとも言われていますが、本当かどうかはわかりません」
「銀月」の裏庭で、ユミナは地面に大きな魔法陣を描いていく。複雑な紋様を本を片手に、チョークで刻み付けるように描く。このチョークは魔石のかけらを圧縮して作ったものだそうだ。
「そして召喚したモノと契約できれば成功なのですが、契約には相手の条件を飲む必要があります。簡単なものから、絶対に不可能だと思えるものまで相手によって違います。私がこの子たちと契約した時の条件は、『お腹いっぱい食べさせてくれること』でした」

ユミナは魔法陣を描き終わると、さっき呼び出した一匹の銀狼の頭を撫でた。額に十字の模様があるこの個体がユミナと契約した銀狼なのだそうだ。こないだ呼び出した他の銀狼はこのリーダーに従っている配下らしい。ちなみに名前は「シルバ」。もっとひねれよ。

上位の魔獣と契約すればその配下も使役することが可能らしい。スゥを襲ったあのリザードマン使いも、おそらく群れの長みたいな者と契約したのだろう。

「条件が満たされなければ召喚したモノは去ってしまいます。そして同じ人物のところには二度と現れません。一度だけしか契約のチャンスはないのです」

なるほど。一期一会ってやつだな。……ちょっと違うか？

「危険は無いの？　いきなり襲ってきたりはしないのかな？」

「彼らは契約無しでは魔法陣の中からこっちには存在できないので大丈夫です。遠距離攻撃も全て魔法陣の障壁が防ぎますし。ただ、召喚者が中に入る場合は別です。戦って実力をみせろ、という個体もいますので」

うーん、物騒だなあ。まあ、勝てそうもないのに挑まれたときは、丁重にお帰りいただけばいいのか。もったいないかもしれないけど。

「こちらに呼ばれる召喚獣は本人の魔法の実力には関係ないんだね？」

「はい。まったくの初心者が高位の魔獣を呼び出した話も結構あります」

なら僕にも可能性はあるか。完全に運まかせだけど。

「とりあえずやってみるか」

完成した魔法陣の前に立ち、手をパンッと打ち合わせて気合いを入れた。そして闇属性の魔力を集中して、魔法陣の中心に集めていく。少しずつ黒い霧が魔法陣内部に充満していき、突如、爆発的な魔力が生まれた。

『……我を呼び出したのはお前か？』

いつの間にか黒い霧が晴れ、魔法陣の中に一匹の大きな白い虎（とら）が現れていた。今の声はこいつか？　鋭（するど）い眼光と威圧感。鋭そうな牙と爪。こりゃまたとんでもないのが出てきたな……。ビリビリとした魔力の波動を感じる。ただの虎じゃなさそうだ。

「この威圧感、白い虎……まさか、『白帝（びゃくてい）』……！」

『ほう、我を知っているのか？』

僕の後ろで銀狼に抱きつき、しゃがみこんでいるユミナをジロリと白虎が睨（にら）む。銀狼のシルバも尻尾を丸めて耳を伏せ、怯（おび）えているようだ。まあ、虎に睨まれたら怖（こわ）いよな。あ、いまの僕って「前門の虎、後門の狼」だな！　関係ないけど。

「あんまり睨まないでやってくれるかな。怖がってるじゃないか」

『……お前は平然としているのだな。我の眼力と魔力を浴びて立っていられるとは……面白い』

「最初はびっくりしたけどね。慣れればさほどでもないよ。で、『白帝』ってなに、ユミナ?」

ユミナは僕の方を見ながら、震える声で何かを話そうとしている。だが、声にならない。

おそらくこの白虎による威圧のせいだろう。

「ちょっとそれやめて。話が進まないじゃないか。弱者を脅すのはあまり褒められたことじゃないと思うけど?」

『……よかろう』

白虎に抗議すると、ふっと放たれていた威圧感が消えた。なんだ、話のわかるやつじゃないか。

「で、ユミナ。『白帝』って?」

「召喚、できるものの中で、最高クラスの四匹、そ、のうちの一匹、です……。西方と大道、の守護者にして獣の王……魔獣ではなく、神獣、です」

まだ震えながら、たどたどしくユミナが答える。神獣ねえ。神様のペットとかだったら面白いんだが。

「それで、どうすれば契約してくれるんだ?」

『……我と契約だと？　ずいぶんと舐められたものよな』

「とりあえず言ってみてよ、できなさそうなら諦めるから」

『ふむ……』

白虎はこちらをじっと見つめ、鼻をひくひくさせてから、首を軽く傾げた。

『奇妙だな……。お前からはなにかおかしな力を感じる。精霊の加護……いや、それよりも高位の……なんだこれは？』

精霊の加護？　生憎と精霊に知り合いはいないが。

『……よし、お前の魔力の質と量を見せてもらう。神獣である我と契約するのだ。生半可な魔力では使いものにならんからな』

「魔力を？」

『そうだ。我に触れて魔力を注ぎ込め。魔力が枯渇するギリギリまでだ。最低限の質と量を持っているなら、契約を考えてやろう』

ふふん、と虎が笑ったように見えた。考えてやろうって、確約じゃないのか。

しかし、物騒なことを言う虎だな。魔力が枯渇って、ゲームとかでいうMPが０の状態になるってことか？　しばらく魔法が使えなくなるのかな。ギリギリっていうとＭＰ１まで注ぎ込めってことか。

そういや、そもそも魔力って減るものなのか……？　今まで使っていて感じたことないけど。前にリンゼが僕の魔力が多いと言ってたけど、そのせいかな。

とりあえず魔法陣の方に歩み寄り、手のひらで白虎の額に触れる。おお、もふもふだ。

「このまま魔力を流せばいいのか？」

『そうだ。一気に流せ。お前の魔力を見てやろう。先に言っておくが、魔力が枯渇して倒れたら、契約は無しだ』

んー、そこまでして契約したいわけじゃないし、途中（とちゅう）で気分が悪くなったりしたら、やめることにしよう。倒れたくはないし。

「よし、じゃあいくぞ？」

魔力を集中して、それを手のひらから虎に向けてゆっくりと流す。うん、気分がおかしくなるとかはないな。

『む……これは……なんだ、この澄（す）んだ魔力の質は……!?』

虎がなんか言ってる。そういやリンゼもそんなこと言ってたな。まあ、いいや。大丈夫（だいじょうぶ）そうだから一気に流すか。虎へ流す魔力を一気に増加させる。

『ぬうッ！　な、なにっ!?』

うーん、やっぱり魔力が減ってるって感覚がわからない。もっと流さないとダメなのか？

さらに増加させる。

『ふぐっ……こ、これは……ちょ、ちょっとま……！』

やっぱりわからん。さらに増加。

『まっ……まってく……これ以上は……あううっ……！』

さらに増加させる。……あ、なんか少しだけしんどくなってきた気が。これが魔力が減ってるって感覚か。

『……も、やめ……お願……！』

「冬夜さん！」

ユミナの声にはっとなって目の前の虎を見ると、体を痙攣させながら、口から泡を吹いて白目を剥いていた。足をガクガクさせながらも立ってはいるが、どうも僕の手のひらから頭が離れず、強制的に立たされている感じだ。

慌てて魔力を流すのをやめ、手を離すと、虎はぐらりと地面に倒れた。

「あれ？」

なんかマズったかしら。これって回復魔法かけてあげたほうがいいのかな？　ピクピクと痙攣して舌がだらりと出ちゃってるけど。

「【光よ来たれ、安らかなる癒し、キュアヒール】」

とりあえず回復させることにした。やがて白虎の目に光が戻ってくると、ヨロヨロと立ち上がり、僕の方に寄ってきた。

『……ひとつ、聞きたいのだが……先ほどの魔力量で、まだ余裕があったのか？』

「ん？　いや余裕というか、ほんの少ししか減ってないよ。っていうか、あれ？　もう回復してるな」

『なん……っ！』

　虎が絶句する。そうか、魔力の消費を感じなかったのは、それ以上の回復がされていたからか。納得。

「それで契約のことだけど……」

『……お名前をうかがっても？』

「？　望月冬夜。あ、名前が冬夜だからね」

　突然口調を変えた虎に不思議そうな目を向けると、虎は静かに頭を下げた。

『望月冬夜様。我が主にふさわしきお方とお見受けいたしました。どうか私と主従の契約をお願いいたします』

　おお、白虎が仲間になった。

「契約ってどうすればいいんだ？」

『私に名前を。それが契約の証になります。この世界に私が存在する楔となりましょう』

「名前か……うーん……」

虎。白虎。そうだな……。

「コハク。琥珀ってのはどうかな」

『こはく？』

「こう書く」

地面に「琥珀」と書いてみせる。

「これが虎、で、これが白、そして横にあるのが王という意味なんだ」

『王の横に立つ白き虎。まさに私にふさわしい名前。ありがとうございます。これからは琥珀とお呼び下さい』

どうやら契約は完了したらしい。のそりと魔法陣から琥珀が歩き出し、こちら側にやってきた。

「……すごいです、冬夜さん……。『白帝』と契約をしてしまうなんて……」

『少女よ、もう私は「白帝」ではない。琥珀と呼んでくれぬか』

「あ、はい。琥珀さん」

呆然とつぶやくユミナに「白帝」改め、琥珀が声をかける。そのユミナの後ろでは、まだ銀狼のシルバが怯えていたが、琥珀の視線に気付くと、慌ててユミナの影の中に消えていった。

『主よ、ひとつお願いがございます』

「なに？」

『私がこちら側に、常に存在することを許可していただきたいのです』

「？　どういうこと？」

『通常、術師が我らを呼び出し、存在を保つには術師の魔力が必要です。故に存在し続ければ、やがて魔力が切れ我らはこの世界から消える。これが普通。ですが、主の魔力は先程からほとんど減っておりません。これならば、常にこちら側に存在していても問題ないかと愚考いたしまして』

ああ、たぶん琥珀の存在を維持する魔力量より、自然回復する魔力量の方が多いんだな。まあ、なにも支障がなければかまわないんだけど……。

「存在し続けること自体はかまわないんだけど、さすがに街中を大きな虎が歩き回るのはちょっと……」

『ふむ……では姿を変えましょう』

「え？」

言うや否や、ポンッと琥珀は姿を子供の虎に変化させた。そんなこともできるのか。

大きさは小型犬くらい。手足が短く太く、尻尾も太い。威圧感マイナス一〇〇%、可愛さプラス一〇〇%である。

あまりの可愛さに思わず抱き上げてしまう。うああ、もふもふだあ。琥珀を召喚して心からよかったと、このときホントに思った。

『この姿なら目立たないと思いますが』

うおう、しゃべった。さらに可愛さアップ。

「目立たないことはないけど、まあ大丈夫だろう」

『ありがとうございます。ではこの姿でっ、ぐふっ!?』

「きゃ――――っ、かわいい――――――――っ!!」

僕の手から琥珀を奪い取り、ぎゅううっと抱き締めるユミナ。顔をぐりぐりと押し付け、ジタバタと琥珀がもがく。

『ちょっ、こら離さんか！　なんなんだお主は!?』

「あ、自己紹介(しょうかい)がまだでしたね、私はユミナと言います。冬夜さんのお嫁さんです」

『主の奥方!?』

虎が驚(おどろ)く顔ってのも貴重な気がするな。っていうか、まだお嫁さん違うから。

しばらく琥珀はユミナになでなでされまくり、げんなりしていたが、耐えてもらうことにした。

琥珀も主の奥方を名乗る少女に逆らうのは気が咎めたのか、しばらくすると抵抗をやめ、されるがままになっていた。

やがてユミナがもふもふに満足したころ、今度はエルゼたちが現れ、先ほどのユミナ状態になってしまった。今度は三倍のなでなでである。

『あ、主！　なんとかして下さい！』

「耐えろ。そのうち収まる」

『そんなー！』

こうして僕たちに新しい仲間ができた。またの名をマスコットともいう。

みんながもふもふに満足したら、僕もさせてもらおう。

琥珀の悲鳴を聞きながら、空を見上げる。今日もいい天気だなー。

神は天にいまし、全て世は事もなし。

幕間劇一　冒険者たち

その日、僕は冒険者ギルドの閲覧室で、魔獣の図鑑を読んでいた。リンゼのおかげで今じゃ読み書きもほとんど苦にならなくなっている。

僕が住んでいた世界から見れば、この魔獣図鑑は怪獣図鑑といってもいいものである。面白くないわけがない。

様々な魔獣や魔物、精霊、聖獣に至るまで、明確なイラストと共に記載されている。中にはイラストが無いものもあったが、それは未だ未確認のものなんだろう。

その中でもやはり情報の少ない魔獣が竜だ。

竜とは魔獣にして魔獣に非ず。それだけで別種の異なった生物なんだそうだ。基本、出会ったら逃げろと書いてある。やはりこちらの世界でも竜は最強の存在なんだろうか。ま、僕らの世界にゃいなかったけど。

この閲覧室の本は持ち出し禁止である。どうしても外に出したい場合、自分で紙に書き写すしかないのだけれど、僕にはスマートフォンという強い味方がある。

この辺りに生息する魔獣などの特性や注意点、価値のある部位などが書かれたページを、片っ端から写真アプリで撮影していった。よい子は真似しちゃいけないよ？【ドローイング】で転写してもいいんだけれど、この部屋には魔法を封じる結界が施されているんだよね。魔法で本を盗もうとしたヤツがいたのかもしれない。この世界じゃこういった本は貴重なものらしいし。ま、紙に写すより、こっちの方がかさばらないし、便利だからいいけど。

本の中には亜人についてのものもあった。ちょっと驚いたのだけれど、この世界には「魔族」と呼ばれる人たちがいる。

この「魔族」は別に悪い種族というわけではなくて、限りなく人に近いが、魔物のような特性を持つ者たちらしい。

代表的な種族としては、ヴァンパイア、ワーウルフ、アルラウネ、ラミア、オーガといった種族だ。

これらの種族は別に人間に対して敵対しているわけではない。しかし、かといって仲がいいわけでもないようだ。大半の魔族は北にある魔王国ゼノアスで暮らし、人の住むテリトリーにはあまり近寄らないらしい。

棲み分けができているというのか、不干渉を決め込んでいるというのか……。まあ、獣人でさえ差別されることもあるくらいだ。魔族はそれ以上に忌避されるのかもしれない。

ちょっと面白いと思ったのは、狼の獣人とワーウルフの違(ちが)いだ。わかりやすく言えば、人間に狼耳と尻尾をつけたのが狼の獣人。人と同じ大きさの狼を直立させ、人と同じ五本指を与えたのがワーウルフ。つまり、ワーウルフはまんま狼の顔ってわけだ。

あと、月夜になっても人間に変身とかはしない。服も着ているらしいし、ちゃんと言葉も話すようだ。

うーん、確かに狼耳の人間と、まんま顔が狼の人間では、後者の方が受け入れにくいような気はする。

ま、言葉が通じるなら見た目なんか関係ないと思うけどさ。

そのほか、有翼族、妖精族、水棲族、有角族、竜人族、エルフにドワーフなど、この世界には様々な亜人がいるようだった。

獣人族でさえ、さらにそこから犬とか狐(きつね)とか、いろんな種に分類されるらしいし、全て把握(はあく)するのは難しそうだ。

世界地図を見るとこの世界はけっこう広い。しかも、気候というものがメチャクチャだ。北だから寒いとか、南だから暑いとか、そんな常識は通用しない。

これはその土地に宿る精霊のせいとも言われているが、詳(くわ)しくは知らない。そもそもこの世界が、地球と同じように球体なのか、それすら怪しい。地面の下を象とか亀とかが支えてたりはしないよな？

意外と正確な地図というものがこの世界にも普通に存在していて、ちょっと驚いたりもした。でも気球や飛行機などがなくても、空を飛ぶ魔法や翼のある亜人とかがいるのだから、おかしくはないのか。

おっと、そろそろ時間か。これ以上は追加料金を取られてしまう。僕は本を閉じ、ギルド二階の閲覧室を出た。

ギルドの一階へ降りると、数人の冒険者たちがたむろしていたり、依頼ボードの前でなにやら話し込んでいたりしていた。今日はわりと人が多いな。週末だからかな？

僕も依頼ボードの方へと向かい、なにか目ぼしい依頼はないかと軽く目を走らせる。まあ、受ける気はないのだけれど。

今日はエルゼが「体調が悪い」そうなので、みんなで休みということになっていた。まあ、その……女の子はいろいろと大変だよね。

【リカバリー】で治せないかと試したけど無理だった。状態異常ではないということなんだろうなあ。むしろ正常だからこその痛みだろうし。

冷やかしでボードを見ていると、外から騒がしい怒鳴り声が聞こえてきた。

冒険者ギルドはだいたい隣が酒場になっていて、昼間からも営業している。もちろん、日中は軽食が中心だったりするが、酒を出さないわけじゃない。

近くに「銀月」よりも大きな宿屋があるから、そこの宿泊客はよく利用しているようだ。だから酔っ払いも常時いる。普通に食事がしたい人は、まず酒場にはいかない。当たり前だけど。

かく言う僕も足を踏み入れたことは数度しかない。酒は飲まないし、酔っ払いも嫌いだしね。

だから外から怒鳴り声が聞こえてきても、ギルド内の奴らは別段驚かない。また酔っ払いか、程度の感覚である。が、剣が打ち合う音が聞こえてくるとなると話は別だ。

他の野次馬に追従して、僕もギルドの外へ出てみる。酒場の前の通りでは二人の冒険者の男が、顔を赤くして睨み合っていた。禿頭の髭男と、モヒカンカットの馬面男。その手にはどちらも抜き身の剣が握られている。

「なんだ？　決闘か？」

往来で剣を抜く。ということはこれは喧嘩ではない。最悪、命のやり取りになる。

正直、決闘を見るのは初めてではない。きちんと名乗りを上げて、決闘の理由を述べ、相手も承諾すれば、あとは他人が干渉することではない、というのが一般的な決闘の認識らしかった。

しかし決闘というか、これは酔っ払いが暴れてるだけだな。その証拠にどちらにも立ち会い人がいない。

周りの町人たちも迷惑そうな顔をしている。決闘じゃないなら、すぐに騎士団詰所から町の警邏騎士が来るだろうけど。

「……馬鹿馬鹿しい。迷惑だなあ、よそでやればいいのに」

「誰だ！　いまふざけたこと抜かしたヤツは!!」

禿げた髭男が顔をさらに真っ赤にさせながらこちらの方を振り向く。やばっ、聞こえてた。

僕の周りの野次馬が、波が引くようにざざざっと逃げていく。巻き添えは御免だとばかりの引きっぷりだ。うわー、冷たいわあ。

「お前か！　俺たちを馬鹿と言ったな!?」

「なんだと!?」

「いや、馬鹿馬鹿しいって言っただけで、お二人を馬鹿とは……」

一応、弁解しておく。馬鹿と思ったのは確かだが。

「てめえ……最近ギルドに入った、女を何人も侍らしていい気になってる小僧だな？

前々からイラついてたんだ。なんだおい、モテ自慢か？　俺らを馬鹿にしてんのか、あぁ⁉」

「おう、色男。冒険者ってのはなあ、命懸けで戦ってるんだよ。子供のお遊びじゃねえんだ、ガキが生意気にギルドなんかに来るんじゃねえ！」

「……なるほど。酔っ払って剣を抜き、暴れるのが大人なのか。勉強になったよ」

さすがにイラッとしたので、つい嫌みが口から出た。大人なら子供相手に絡むなよ。そういうのを大人気ないって言うんじゃないの？

今まで喧嘩していた二人の敵意がこちらへと向く。どうやら僕を共通の排除すべき相手と捉えたようだ。

「てめえ……いい度胸してんじゃねぇか。覚悟はできてんだろうな？」

額に青筋立てたハゲヒゲがこちらにきて睨みつけてくる。二メートル以上の身長から見下ろされ、自然とこちらが見上げる形になった。

相手はプロレスラーのごとき筋肉を持った凶悪そうな大男である。しかし、少しも怖いとは思わなかった。正直に言えば、死んだじいちゃんに怒鳴りつけられたときの方がよほど怖い。

だからつい、笑ってしまったわけで。

「ッ、この野郎！」

さすがに僕みたいな相手を剣で斬りつけるのは躊躇したらしい。代わりに左手のでかい拳が僕の顔面目掛けて飛んでくる。

うん、見えるな。ひょいと右に首を傾けて、そのパンチを躱す。

相手の勢いを利用してそのまま腕を掴んで引っ張り、バランスを崩したところで足を払う。殴ってきたハゲヒゲは見事に地面へとダイブしてしまった。お、できた。八重に教わっておいてよかったな。

「てめえッ！」

今度はモヒカン頭が手にした剣で斬りかかってきた。危ないなあ。

「【スリップ】」

「ぐはっ⁉」

転倒魔法でモヒカン頭を転ばせ、その衝撃で転がったそいつの剣を拾う。バレないように【モデリング】を使い、その剣を飴のようにぐにゃりと曲げてやった。物質を変形し、造形するのは時間がかかるが、これくらいなら楽にできる。

カラン、と曲げた剣をモヒカン頭の前へ投げ捨てた。

「ひっ、ひいっ⁉」

怯えた声を出し、座り込んだまま後ずさるモヒカン。僕が怪力の持ち主に思えたのだろう。

「うらあっ！」

背後から、立ち直ったハゲヒゲが今度は容赦無く剣を振り下ろしてきた。おっと、危ない。半転してその剣を躱しながら、しゃがんでハゲヒゲの両足を後ろから払う。

「ぐがっ⁉」

後頭部から地面に倒れこんだハゲヒゲがその場で呻く。軽い脳震盪を起こしたのだろう。頭をフラフラさせている。ただでさえ酔ってたしな。

転がったハゲヒゲの剣も同じように【モデリング】でひん曲げた。ハゲヒゲの顔が真っ青になる。

「くっ、くそっ！　覚えてやがれ！」

三下のようなセリフを吐いて、二人ともその場から逃げ出す。

まったく迷惑な。昼間っから酔っ払ってんじゃないよ。

「おい、あんた大丈夫かい？」

「ああ、大丈夫です。怪我とかないんで」

心配してくれたらしい見物人の男性に、手を軽く振ってみせる。

「いや、そうじゃなくて……。あいつら『鋼の牙』と『毒蛇』の奴らだろ？　仲間連れて仕返しに来るんじゃないかと思ってさ」

「鋼の牙」？　「毒蛇」？　なんだそりゃ？

聞いてみるとなんでもこの界隈で有名な冒険者パーティなんだそうだ。知らんなあ……。

僕らあんまり他のパーティと交流ないからなー。酒場で飲んだりしないし。飲みニケーション不足ってやつか？

なんでも「鋼の牙」とは、ほぼ青ランクで固められたパーティで、「毒蛇」も同じランクなんだそうだ。

僕らは緑だから、どちらも上のランクパーティということになるな。

ギルドランクはこなした依頼のポイントで、黒、紫（むらさき）、緑、青、赤、銀、金と昇格していく。上のランクだから偉（えら）いとかそういうのはないけど、当然ながら上のランクにいけばいくほど昇格は難しくなる。

銀ランクから金ランクに上がることなど、ほぼ無いとか。実際金ランクの冒険者は現在世界に一人だけだ。赤から銀に上がるのだって生半可なポイントじゃないらしいし。

だから一般的には赤ランクで一流の冒険者と言われる。そのすぐ下の青ランクは、ベテラン冒険者というところか。

……そんな風には見えなかったけどな、あの二人。弱かったし。まあ、ランクが上だから強いなんて決まっていないけどね。

まさか仕返しとかそこまで向こうもヒマじゃないだろ。冒険者同士の諍いなんて日常茶飯事だし、別にひどい怪我させたわけじゃないし。

僕はそのとき、そんな風に軽く考えていたのだが。


「一体なにをしたんでござるか、冬夜殿」

「いや、なにもしてない……わけじゃないけど、なんだこれ？」

次の日、エルゼに続き、リンゼも「体調が悪く」なってしまったので、僕はユミナと八重の三人で東の森へと討伐依頼に来ていた。

討伐対象は「風狐」というカマイタチを操る狐（キツネなのにイタチとはこれいかに）を倒すことだった。

狐自体は問題なく倒し、討伐部位の尻尾を切り取って、さあ帰ろうとしたところをガラの悪い冒険者数名に囲まれたのだ。

「よお、昨日は世話になったな」

僕らを囲む冒険者の中に、一人だけ見たことのある顔があった。昨日酒場の前で暴れていたあのハゲヒゲである。

あれ？　これってアレか？　お礼参りってやつ。

「あー……察するに昨日恥をかかされて、大勢仲間連れて仕返しに来たってことかな？

大人気なくも情けなくも」

「うるせぇ！　なめられたままじゃ「鋼の牙」の沽券に関わるんだよ！　落とし前はきっちり付けさせてもらうぜ！」

ハゲヒゲの周りにいるニヤニヤ笑いをした男たちが武器を構える。けっこう数がいるな。にの、しの、ろの、やの……九人か。どうやら「鋼の牙」ってのはそれなりに大所帯らしい。

「因縁のある相手を多数で襲うなど、男として、いや人間として、屑の部類に入る方々だと思いますが、どうしますか？　冬夜さん」

さらりと毒吐くね、ユミナも。十二の小娘にこき下ろされて、ハゲヒゲたちが怒り心頭といった感じで顔を真っ赤にしていますよ？

しかし、意外と肝が座ってるんだなあ。てっきり怖がるものかと。さすがは一国のお姫様なだけはある。

「まあ、この場合正当防衛だし、殺しさえしなければ、多少やり過ぎても問題ないかな？」

「で、ござるな。拙者もこの類の輩は大嫌いでござる」

八重が刀を抜いて、峰を返す。それをきっかけに、「鋼の牙」の奴らが一斉に襲ってきた。

素早く放ったユミナの矢が、襲ってきた一人の男の右手を貫く。

「うぐっ⁉」

武器を落としたそいつに一気に近づき、僕は指先で相手の身体に触れる。

「【パラライズ】」

「ふぐわっ⁉」

魔法による麻痺で身体に力が入らなくなり、男はその場に崩れ落ちる。

「この野郎ッ！」

両手に手斧の持った男がブンブンと得物を振り回すが、まったく鋭さがない。いつも八重と訓練しているからか、動きがノロく見える。

隙を見て胸元に軽く拳を叩き込み、【パラライズ】を発動させる。先ほどの男と同じように、そいつもくたりと地面に倒れこんだ。

【パラライズ】は相手を無効化するのに便利な魔法だが、これにも弱点はあって、まず触れなければならないということと、魔法の効果を弱める護符を相手が持っていた場合、その効果の強さに関係なく、発動しないということだ。

もっとも最低の効果を持つ護符(タリスマン)でさえ、けっこう値が張るので、そんなに持っている奴はいないいけど。

「【土よ穿(うが)て、愚者の奈落、ピットフォール】」

「うわあぁぁぁぁぁ……！」

「ひいぃぃぃぃぃぃぃ……！」

背後を見ると、ユミナが土魔法で落とし穴を出現させたところだった。落ちた声からして、ずいぶんと深そうな……。大丈夫か？

「ぐふえッ⁉」

「ごはッ⁉」

向こうでは八重が峰打ちで二人を仕留め、さらに一人を相手にしている。この時点ですでに「鋼の牙」はハゲヒゲを入れて三人になっており、数の有利は無くなっていた。

「こ、こんなバカな……！　俺たちは青ランクの冒険者だぞ！　なんでこんなガキどもに……」

青ランクっていってもな。おっさんたちが何年冒険者やってんだか知らないけど、それだけ長い間やってればそれぐらいのランクには上がるんじゃないの？

大人数で簡単な依頼を受ければポイントは低いけど安全だしな。けれど、逆に言えばそれ以上を目指すなら、そのやり方ではダメなんじゃないかねえ。

ま、ランクと強さはあまり関係ないってことか。少なくとも赤ランクより下は。それ以上になると見合った実力も必要になってくるだろうし。

「がッ⁉」

「うぐうッ⁉」

さらに二人を八重が倒し、残りはハゲヒゲ一人を残すのみになった。

「まったく面倒（めんどう）な。あんたたちも一応冒険者名乗ってんだろう？　こんなことして恥ずかしくないのか？」

「うるせえ！　ガキのくせに生意気なんだよ！　てめえ、いつか殺してや……！」

「もういい、喋（しゃべ）んな。【パラライズ】」

「ぐふう――――ッ⁉」

これ以上話すのも嫌だったので、【パラライズ】で麻痺させる。この手の輩には何を言っても無駄（むだ）だ。中途半端に撃退しても、また懲りずにやってくる可能性がある。

であるなら、完全に心を折っとかないとなあ。くっくっく。

「さすがにこれはやり過ぎなのではないでござるか……？」

視線を横に逸らしながら、八重が赤くなった顔でつぶやく。

「そお？　集団で人を襲おうとしたんだから、これぐらいの覚悟は持ってもらわないと」

リフレットに至る街道の横に柱を九本立てて、そこに裸にひん剥いた「鋼の牙」の男たちを逆さ付けにした。

きちんと自己紹介できるように、「我ら冒険者パーティ『鋼の牙』。パーティ募集中」という看板も立ててあげたのだ。

「ハイ、チーズ」

パシャリとスマホのカメラでそれを撮影し、【ドローイング】で紙に転写する。その転写した絵を見た「鋼の牙」の連中は、猿轡をされたまま涙を流してなにか唸っていた。

「これ以上僕らに関わると、これがリフレット界隈の町中、いや王都にまでバラ撒かれるぞ。それでもいいならまた襲ってきなよ。これの方がマシだったと思える罰を用意しているからさ」

くっくっく、とわざと悪人的な笑みを浮かべて男たちに語りかける。そのあとに爽やかな笑みを浮かべて一言。

「……次はカミソリで先っちょ切り落とすぞ?」

その言葉に、じょばっ、と一人が漏らしてしまった。逆さまに磔(はりつけ)ているので、流れるモノが本人の身体を汚していく。

さすがにユミナたちも見たくはないらしく、ずっと背を向けていた。背後で何が起こっているのかは一応理解しているようだったが。

「容赦ないんですね。ここまでする必要が?」

「こういった輩が次にすることは、僕の弱点を突(つ)いてくることだ。君たちを誘拐(ゆうかい)するとか、人質にするとかね。そんなことは絶対にさせない。今のうちに徹底的に潰しておく」

もともとこの喧嘩は僕から始まったものなのだ。ユミナたちに迷惑はかけられない。僕の大切な仲間に手を出すのなら、容赦なんてしないからな。「叩くと決めたら徹底的に叩け」ってのがじいちゃんの教えだ。

……待てよ。こいつらだけじゃなくもう一人のパーティもあったな。確か「毒蛇」とかいう。まさか……。

「っ、【ゲート】!」

僕は嫌な予感を感じ、エルゼたちのいる「銀月」へと【ゲート】を開く。

ユミナたちを連れて飛び込んだ【ゲート】の先。

そこで見たものは「銀月」の前の通りで転がる、七人の気絶した男たちだった。

転がっている一人に見覚えがある。あの馬面モヒカンだ。ってことはこいつらが「毒蛇」か。

これはいったい……。

「おう、お帰り。早かったな」

「やあ、冬夜さん」

僕らを出迎えたのは「銀月」のマスターであるドランさんと、「武器屋熊八」の店長であるバラルさんだ。のびている男たちの横、「銀月」の前のベンチでのんびりと将棋を指している。

「いったいこれはどうしたんです?」

「いや、こいつらがよ、俺たちが将棋を指していたら、エルゼたちを出せって喚きやがってな。お客さんは体調が悪くて寝込んでます、お引き取りをって言ったのに、ドカドカと店の中へ入って来るもんだから、頭にきてよう」

「軽く相手をしたらのびてしまったわけさ。情けないねえ。これでも冒険者かね」

唖然としながら僕は転がっている「毒蛇」のやつらに視線を向ける。二人とも強かったんだなあ。驚いた。

二人ともガタイはいいし、宿屋や武器屋なんて荒くれ者を相手にしなきゃならないこともあるから、タフじゃないと勤まらないのかもしれないけど。

「で、こいつらなによ？」

「あー……逆恨みで僕を襲ってきたやつらかな。エルゼたちを人質とかにしようとしたみたいで……」

「なんだ屑野郎か。だったらもっと痛めつけておくんだったな」

ドランさんが舌打ちをしていると、店の中からミカさんがやってきた。少し不機嫌なようだ。そりゃそうか。自分の店の前にこんな奴らが転がってたら。

「あーもう、邪魔でしょうがないわ。冬夜さん、これ片付けてね。あなた絡みなんでしょう？」

「あ、はい。今すぐに」

逆らうのは得策じゃないと察した僕は、【パワーライズ】を使い、のびた男たちをポイポイと【ゲート】の中へと放り込んでいく。

再び街道に出て、「鋼の牙」と同じようにひん剥いて逆さ磔にしてやった。その頃には全員気が付いて、己の情けない姿を把握することになったわけで。

街道の対面に自分たちと同じように磔になった全裸の「鋼の牙」の姿を見つけ、顔が真っ青になる。

やはり同じように看板を立てて、カメラで写真を撮り、散々脅してそのまま放置した。

なにやら泣き喚いていたが、知ったことか。反省しろ。

後から聞いた話だが、ドランさんもバラルさんも、一時期冒険者をしてたんだそうだ。

最終ランクは青で、赤まではいかなかったらしい。しかもどちらもソロで活動していたようだ。それならあの強さも頷ける。

あの馬鹿どもと同じランクとは到底思えない。冒険者にもピンからキリまであるんだなあ。

人は見かけによらない……いや、見かけ通りか……？　赤髭の大男と熊男だしな……。

僕は喚き続ける馬鹿たちを無視して、【ゲート】で「銀月」へと戻った。


「へえ、そんなことがあったんだ」

すっかり元気になったエルゼが「銀月」の食堂で、八重たちから先日の話を聞いている。

横に座るリンゼはまだ本調子じゃないようだが、心配するほどでもないようで、みんなの輪に入っている。

「しかし、あれは見ものでござったなあ。エルゼ殿とリンゼ殿が危ないと思った冬夜殿の顔といったら」

「ものすごく真剣な顔でしたね。怖いくらいでした」

もういいだろ、そのことは。いたたまれなくなって、僕は果汁水を一気に飲み干す。

「なにー？　あたしらが危険だって心配した？　心配しちゃった？」

意地悪い笑顔でエルゼが迫ってくる。あのなあ……。

「心配したに決まってるだろ。二人になにかあったらって思ったら、気が気じゃなかったよ。今回はドランさんたちがいたからよかったけど、もし、二人になにか危害を加えられていたら、僕はあいつらを決して許さなかったと思う」

「あ、そ、そう……」

「あう……」

二人とも顔を赤くして俯いてしまう。

ん？　なんか変なこと言ったか？

「冬夜さん。もし、危ないのが私と八重さんだったとしても、同じ気持ちになりますか？」

「当たり前だろ？　八重もユミナも大切な仲間なんだから。なにがあっても絶対に助け出すよ」

「そ、そうでござるか……」

「さすが冬夜さんです！」

八重も赤くなり俯いて、ユミナはにこにこと笑顔でこちらを見ている。なんだこの空気。

……まあいいか。

「そ、そういえば、結局あの二つのパーティは解散したそうでござるよ。逃げるようにこの町を去っていったらしいでござる」

まあ、そうだろうねえ。そうなるのを見越してああいうことをしたしね。おかげで僕の悪名も広まってしまったけど。

ま、これで今後僕らにちょっかいを出してくる輩が減れば、万々歳ってところかな。

冒険者ギルドとしても、あの二つのパーティには含むところがあったらしく、何もお咎めはなかった。もともとギルドは冒険者同士の諍いには不介入だしね。

「しかし結構えげつないことするのね、あんた」

「大の大人が泣いてたでござるからなあ……。さすがにちょっと引いたでござる」

「あの手の輩は中途半端に痛めつけるだけでは、また馬鹿な報復をしかねませんし、妥当といえば妥当なのかもしれませんけど……」

「それも、どうなんでしょう……ね？」

リンゼが引きつった笑いを浮かべる。

いや、あれですよ？　ある意味見せしめというか……それも言葉が悪いな……。

んーと、二度とこんなことが起こらないように……そう、自分たちの身を守るためにあいつらを精神的に痛めつけたわけで。決して喜んでやってたわけじゃないんだよ。

……本当だよ？

「冬夜さんを選んだ理由……ですか？」

「そうそう。仮にもさ、一国の王女様が一介の冒険者のトコに嫁入りなんて、普通はありえないじゃない。なにか決め手になるようなものがあったのかなーって。それとも本当に一目惚れとか？」

宿屋「銀月」の食堂で、正面に座るエルゼからの質問に、ユミナは首を傾げながら考え込んだ。

説明はできるのだが、わかってもらえるかどうか微妙なところだと思ったからである。

エルゼの両隣に座るリンゼと八重もこちらを興味深そうに視線を向けていた。

「そうですね……。私の『魔眼』のことはご存知ですか？」

「確か、『人の本質を見抜く魔眼』でござろう？　拙者は冬夜殿に聞いただけでござるが」

魔眼とは無属性魔法のひとつだという説もある。本人のもつ個人魔法が、眼という器官に現れたものだと。

【篝火（イグニス）】の魔法が眼に宿れば、それは「発火の魔眼」となり、【麻痺（パラライズ）】の魔法が宿ればそれは「硬直の魔眼」となるのであろう。

　ユミナも自分の魔眼をその延長上のものではないかと思っている。

「私の魔眼は『看破の魔眼』と呼ばれています。これはその人が持つ魂の澱（よど）みを見抜き、それを感覚的に捉えるものです」

「それは、私たちが『いい人そう』とか『なんか胡散臭（うさんくさ）そう』とか、直感で感じる感覚と同じ、なのですか？」

「はい。そう思っていただければ」

　リンゼの言葉にユミナが小さく頷く。実際にはちょっと違うのだが、今はその認識で構わないと判断した。

「それで冬夜殿を『悪い人ではない』と判断したのはわかるのでござるが、そこから結婚に踏（ふ）み込むなにか決め手があったのか、というところが我々の気になるところでござってな」

　うんうん、と今度は双子（ふたご）姉妹が頷く。

「今まさにお父様がお亡くなりになりそうなそのとき、なんでもないことのように冬夜さんはお父様を救ってくれました。それが当然であるかのように。失礼ながら、なにか裏が

あるのではないかと魔眼を使いましたが、そこからはひとかけらの邪念も感じられなかったのです」

「普通、王様を助けたんだから、なにかお礼をもらえるかも、とか、取り入るチャンス、とか、少しくらいは思ってもおかしくないわよね」

「そうでござろうな。むろん、それが目的ではなかったにしても、チラッとぐらいは思って当然でござるよ」

別にそれは悪いことでもない。ちょっとした損や得、利己的な打算で動くことは、人それぞれ少なからずあるものだ。

ユミナは城内で様々な人間模様を見てきた。

人間的に澱んだ者でも、国を担う人材として有能ならば使わざるをえないこともある。自分の「魔眼」で悪人だとわかっても、それを理由に罷免などそう簡単にできるはずがない。できるのならば、バルサ伯爵などとうの昔に追放している。

そういったもどかしさを抱えながらも、国王、ひいては王族ならば清濁併せ呑む必要があることを、ユミナは幼くして知っていた。

けれども、突然現れたその少年には清も濁も感じられなかったのである。不思議な少年だと思った。その優しそうな顔が好みだったのは確かだが。

「話は変わりますが、現在この国の王家には男の継承者がいません。このままいけば、いずれ私が女王となり、王配として夫を迎え、生まれた子へと王位をつないでいく……というのが普通なのでしょう。しかし、私は好きでもない相手と結婚はしたくはありません」

　これはベルファスト王家の気質なのか、王家の者、特に男性には恋に一途な者が多い。基本、この世界では一夫多妻制が認められている。もちろん、すべての妻を養えるだけの財力と甲斐性があればだが。

　にもかかわらず、ベルファスト国王、その弟であるオルトリンデ公爵、共に一人の妻しか娶らなかった。

　公爵はともかく、国王はお世継ぎを求められるため、側室の話は山のようにあったが、国王は頑としてそれを受け付けなかったのである。

　遡れば彼らの父親、ユミナの祖父に当たる先代の国王も、一人の女性を生涯愛し続け、二人の息子しか子供はいなかった。

　さらにその先代も、またその先代もと、ここ数代、綱渡りのような家系図なのである。よくもまあ血が絶えずに千年以上も続いているものだと呆れるほどだが、ここに至り、男子が生まれていないという事実が王家に重くのしかかっていた。

「好きでもない相手と結婚させられるのが嫌だったから、冬夜さんを利用した、んですか？」

　リンゼの眉がわずかに顰められる。

「いいえ、それは違います。お父様のことですから、私が望まぬ結婚などさせなかったでしょう。けれど、婚姻の申し出があった場合、いささか困ったことになります。性格や趣味など、本当の意味で私と合わないと判断し、お断りをしたとして……周りに正しく受け取ってもらえるか怪しいからです」

「……？　ああ、なるほど『魔眼』のせいでござるな？」

「はい。周りは私の『魔眼』によって、その人が結婚相手に相応しくないと判断されたと思うでしょう。なにか人としての資質を疑われたと。それは本人のみならず、友人、縁者、様々な人たちに不幸を呼びかねません」

　相手がこの国の大貴族とかならまだなんとでもなる。しかし、相手が他国の王家ともなれば問題が出てくるだろう。そんなことになる前に、相手を見つけたほうがいいと普段から彼女が思っていたのは事実だった。

「冬夜さんを初めて見たときに、自分の相手は『この人だ』と思いました。それが『魔眼』によるものか、一目惚れなのか、打算なのかわかりません。ですが、私が『好き』になってしまったのは事実です」

「にしても、いきなり結婚って早すぎない？」

「そうでもしないと私と冬夜さんの縁は切れてしまいます。エルゼさんの言った通り、私たちは一国の王女と一介の冒険者。私からなにか行動をせねば、それ以上の関係にはならないでしょう。残りの問題は身分の違いですが、最近ではそういったことがだんだん些末(さまつ)なことのように思えてきました」

全属性の魔法を使いこなし、『白帝』をその支配下にする。それがどれだけすごいことか。彼が一角(ひとかど)の人物になるのは火を見るよりも明らかだ。本人はまったくそんな自覚はないだろうが。

「いろいろ考えた上での押(お)しかけだったのでござるな」

「そうですね。ですが後悔(こうかい)はしておりません。なんとしても冬夜さんを振り向かせる所存です」

「もしも……もしも、です、よ？　冬夜さんが、誰か他の人を好きになったら、どうするんです？」

リンゼがおずおずと尋(たず)ねてくる。それに対して笑顔を浮かべながら、ユミナは軽く答えた。

「問題ありません。同じくらい私も愛してもらえるように努力するだけです。それに、私

は冬夜さんを独占する気はないので、愛人の一人や二人いてもかまわないと思っています
し」

　さらりと言ってのける年下の少女に、三人は唖然とする。

「誰かそういう人に心当たりが？」

「いっ、いえ！　あくまで可能性として、考えただけで……」

　リンゼがあたふたと言葉を濁す。真っ赤になったその顔を見て、ユミナはわずかな微笑みを浮かべる。

「逆に皆さんから見て、冬夜さんはどのように思われますか？」

「んー……変なことをいろいろ知っているわね。こないだも『パレント』のアエルさんになんか便利なモノ作ってたし」

「えっぐすらいさあ、でござったか？」

　エッグスライサー。ゆで卵切りである。

「この間は、ミカさんの手伝いで『銀月』の帳簿をつけてました。暇だから、って。とても計算が速いんですよ。かなり高い教育を受けているんじゃないかと」

「冬夜さんは確かイーシェンの出身とか……イーシェンにある有力貴族の出身なのでしょうか？」

それならば自分との結婚に、身分の差という障害は少しは減る。そう思ったユミナではあったが、イーシェン出身の八重が首を横に振り、それを否定する。

「いや、イーシェン出身ではないと自分で言ってござった。それにイーシェンの貴族で『望月』という家名は聞いたことがござらん。おそらくイーシェンから移り住んだ家の出身なのではなかろうか」

このことを本人に聞くと、曖昧に笑うだけで、どこの国から来たのかまでは説明してくれない。なにかしら事情があるとみて、それ以上はみんな突っ込んだ話をしたことがなかった。

「変なことを知っているかと思えば、まったく知らないことも多いわよね」

「魔法のことも、全然知らなかった、よ?」

「馬も扱えないでござるし。世間知らずなのでござろうか?」

「私も世間知らずなので耳が痛いです……」

少し肩を落とすユミナに慌ててエルゼがフォローを入れる。

「や、ユミナは王族なんだからわからないでもないけれど、冬夜はねー。どっかの国の王子様だったり?」

その割りには妙に庶民的なところもある。様々なアンバランスさが彼女たちの中で、望月冬夜という人物を形作っていた。

「まあ、一言で言えば変なヤツよね」

「変な人、です」

「変な御仁でござるな」

「確かに変ですけど、素敵な方ですよ？」

頬を染めて微笑むユミナに、やはり一目惚れなんじゃないかと、確信を持つ三人であった。そして同時に、その気持ちがわからないでもないと思える自分に、小さな戸惑いを感じていたのもまた同じだったのである。

「っ、ぶえっくし！」
「風邪か？」
なんだろう。急にムズムズして……誰か僕の噂でもしてるのか？

心配そうに僕の方を窺う「銀月」の主人、ドランさんにとりあえずなんでもないと答えた。

僕らは今、王都にいる。

【ゲート】を使っての、店の仕入れの手伝いを頼まれたのだ。「銀月」だけではなく、「武器屋熊八」を始め、何人かの店主共同での指名依頼だった。

「いやあ、王都なんてあんまり行かないからなあ」

「しかも日帰りできるってんだからありがたい」

「熊八」のバラルさんと道具屋店主のシモンさんが馬車の御者台で話をしている。

僕らが乗っているのはけっこう大きな馬車で、リフレットにある馬車では最大級のものらしい。まあ、武器だ食料だと買い込むならこれくらいは必要なんだろう。

それにしてもいやにみんな浮き足立ってるな。初めて王都に来たわけでもあるまいに。

馬車は大通りから少し外れた橋の前で停車する。そこには大きな宿屋があり、お金を払えば一時的に馬車を預かってくれるんだそうだ。

？　店を馬車で回るんじゃないのか？

馬車から降りた店主たちがニヤニヤと締まらない笑みを浮かべている。

「よーし、じゃあ五時間後にここに集合だ」

「え？　みんなバラバラに動くんですか？　荷物のこともあるし、一緒に回ったほうが……」

ドランさんの言葉に少し驚いていると、道具屋のシモンさんが声を潜めて話しかけてきた。

「わかってないねえ、冬夜さん。久々の王都だし、みんな少しくらいハメを外したいわけさ。ドランの親父さんも男やもめだからなあ……。おっとこれはミカちゃんには内緒だぞ」

ハメを外す？　男やもめって……。え？　まさか……そういうことなの⁉

「冬夜さんも行くかい？　昼間だけどやってるいい店知ってるんだけど」

意図したわけでもないのに、ゴクリと思わず唾を飲み込んでしまう。

「行くって……ど、どこに？」

「娼館」

やっぱりかよ！　それでみんなウキウキしてたんだな⁉　僕が口をパクパクさせていると、横からバラルさんも口を挟んできた。

「おっと言っとくが女房たちには内緒だよ。それも依頼料に入っていることを忘れないでくれ」

きったなー！　それでエルゼたちを連れて来なかったんだな？　なんかおかしいと思っ

た！

「よし、じゃあ五時間後に！」

おっさんたちは足取りも軽く大通りの方へ行ってしまった。スキップまでするかね？

僕もシモンさんらに誘われたが、お断りしておいた。一応この国のお姫様と婚約（仮）してる身としては軽はずみな行動はできない。どこで王様配下の目が光ってるかわからないし。

まあそんなのは言い訳で、単に度胸がなかっただけですけど。チキンですから。

「五時間どうするかなあ……」

せめて琥珀でも連れてくればよかったな。だけどここ数日、女性陣四人にもみくちゃにされていたあの地獄絵図を見ていると、さすがに今日はゆっくりしてくれと言わざるをえない。

今ごろは鍵のかかった僕の部屋のベッドの上でぐっすり（ぐったり？）と寝ていることだろう。

とりあえず王都を歩くことにする。

リフレットと違い、やはり様々な人種が目につくな。獣人はもとより、額に角が生えた者から、耳が尖った……あれはゲームなどで見るエルフなんだろうか、そういった種族がちらほらと視界に入ってくる。

いわゆる亜人と言われる種族が多く集まってできた新興国ミスミド。そこと友好な関係を築こうとしているこの国へ、亜人たちがやってくるのも当然といえば当然か。

国によってはまだ差別される地域もあるらしいからな。

「うーん。ギルドに行って、簡単な依頼でも受けてくるか？　どうせ暇だし……」

魔獣討伐や薬草採取など以外でも、ギルドには様々な依頼が集まる。引っ越しの手伝いや、店の宣伝、変わり種だと猫捜しなんてのもあるし。もちろん報酬は安く、どっちかというと初心者用の依頼で、日雇いバイトのようなものだ。

猫捜しとかなら【サーチ】を使えば、あっさり見つかるかもしれないな。あ、でも【サーチ】は有効範囲が狭いから難しいか。

王都のギルドには前にも行ったことがある。あの時はデュラハン討伐の依頼をみんなで受けたんだっけな。

大通りを歩いて行くと、王都の冒険者ギルドが見えた。相変わらずリフレットとは比べ物にならないくらいデカいな。

ギルドの横には酒場が併設されている。この酒場はギルドの直営店で、ギルドカードを提示すれば割引で飲食ができるんだそうだ。使ったことはないけど。

なんだかんだ言っても冒険者は荒くれ者が多い。酔っ払いに絡まれたら面倒だし、別にお酒も飲まないし。食事だったらもっと美味いところもあるしな。

西部劇のような前後に開き、自動で閉まる「スイングドア」、または「ウェスタンドア」と呼ばれる扉を抜け、ギルド内へと入る。

意外と人が少ない。時間的にはまだ十時過ぎくらいだからな。一日かけての依頼なら朝に受けてもう出発してるだろうし、依頼を終わらせた人たちが帰って来るにはまだ早い。

とりあえず、依頼が貼ってあるボードの方へ行ってみる。僕は現在、緑ランクなのでそれ以下、つまり黒、紫、緑の依頼しか受けられない。

緑の方は討伐系が多く、それ以外も王都の外へ行くような依頼なのでパス。紫と黒にはいくつか短時間で終わりそうなものもあった。

「子守りはパスだなあ……。屋根の修理ってのは【モデリング】を使えばできそうな気はするけど……お？」

古屋敷の解体作業、か。力仕事なら【ブースト】を使えば楽にこなせるかもしれない。ただ、【ブースト】は持続時間が短いから、仕事内容によっては向いてないかも……まあ、筋力強化の【パワーライズ】もあるし、なんとかなるだろ。

僕はさっそく解体作業の依頼書を引っぺがし、受付へと持っていくことにした。

現場は王都でも西区と言われる富裕層が多く住む端っこに位置していた。

かなり古びた屋敷で、すでに解体作業が始まっている。現場監督の親方にギルドから来たと伝えると、屋敷の隅（すみ）にある蔵からガラクタを全部外に出せと言われた。

屋敷の方は土台が腐っているので解体するが、蔵というか納屋の方は少し修理して使うらしい。

ここの元の持ち主はもうすでに亡（な）くなっていて、納屋の中のものは全て処分するらしく、手荒に扱（あつか）っても構わないそうだ。ならパッパと終わらせ……て、時間が余るのも困るなあ。

まあ、適当にやるか。

「うっわ、すっごくカビ臭（くさ）い」

ハンカチをマスクがわりにして、とりあえず目についた物から、外に出していく。

古簞笥（ふるだんす）、壊（こわ）れたテーブル、針のない柱時計、底の抜けた鍋、足の折れたベッド、腕（うで）のない人形、欠けたティーカップ……ホントにガラクタばかりだな。

お、剣（けん）を発見。鞘（さや）から抜いてみると中ほどで見事にポッキリ折れていた。あーあ。

この盾（たて）も一部ヒビが入ってるな。この全身鎧（プレートメイル）もあちこち歪（ゆが）んでいて着れないだろ……。

こっちの戦斧(バトルアックス)はまだマシだけど、錆(さび)だらけで価値はなさそうだ。

本当にガラクタを入れるだけの倉庫として使っていたんだなあ。

しかしけっこう武器防具関連が多いな。元の持ち主は騎士(きし)の家系だったんだろうか。鎧(よろい)や剣がいくつも転がっている。けっこうな数だけど、コレクターとかか？　個人一人のものにしては多いような気がするが。


ガタ。


「ん？」

なにか物音がしたような……？　外からは解体作業の音が聞こえてくるが、今のは蔵の中からだったような。辺りを見回し、耳を澄ます。

……………気のせいか。作業を再開しよう。

とりあえず目の前にあった古びた姿見を片付けようと、かけられていた布を外した瞬間(しゅんかん)、戦斧を振(ふ)りかぶり、背後から僕に襲いかかってくる全身鎧が映って見えた。

「っ⁉」

振り下ろされる斧の一撃(いちげき)を横に転がって躱(かわ)す。ドカアッ！　と、勢いよく戦斧が板張りの床を破壊した。あっ、あっぶなーッ！

襲いかかってきた鎧の隙間からは黒い霧のようなモノが水蒸気のごとく立ち昇っている。

さっきまでの鎧とは全くの別物だ。

ギギギ……と軋んだ音を響かせながら全身鎧がこちらを見た。あっ、目が合った気がする……。

「っとおっ⁉」

再び振るわれた戦斧をしゃがんで躱し、僕は慌てて納屋の外へと飛び出す。

ガッシャガッシャと、全身鎧が追いかけてきて、めったやたらに斧を振り回した。

「なっ、なんだありゃ⁉」

「まっ、魔物か⁉」

「おい、あれってまさか……リビングアーマーじゃないのか⁉」

解体現場にいたおっさんたちが、僕に襲いかかる鎧を見て驚いている。

リビングアーマー⁉　確か無念の死を遂げた怨霊や亡霊の魂が鎧に宿ったモノだったたか？

ギルドの閲覧室で読んだ情報を思い出し、舌打ちする。ってことはこいつ、デュラハンと同じアンデッドか！

デュラハンよりもリビングアーマーの方が格下なはずだ。だけど僕一人で倒せるか……。

とにかくアンデッドには光属性の魔法だ！

「【光よ穿て、輝く聖槍、シャイニングジャベリン】！」

人差し指と中指をリビングアーマーへ向けて、そこから光の槍を撃ち出す。

まっすぐ放たれた光の槍はリビングアーマーの腹を貫き、上半身と下半身が千切れ飛ぶ。

さらにリビングアーマーを貫いた光の槍は、そのまま後ろにあった納屋の壁をも派手に破壊した。やばっ……。

上半身と下半身にぶった斬られたその鎧からは黒い瘴気がシュウシュウと漏れ流れていた。倒した、か？

「おい、兄ちゃん！　いったい何したんだ!?」

「何もしてませんよ！　いきなりこいつが動き出して襲ってきたんです！　なんでリビングアーマーなんか出たのか……墓場や戦場でもあるまいし」

無念の死を遂げた怨霊や亡霊がリビングアーマーを生み出すと言われている。そのためにはそういった場所が必要になってくるはずなのだ。戦場とか墓場とか、人の怨念が留まってしまうような場所が。

「まさか……」

「なにか心当たりが？」

親方がなにか思い出したように、リビングアーマーの残骸に視線を向ける。

「この屋敷はもともと人のいい子爵の持ち物だったんだ。ところがこの子爵は悪い伯爵に騙されて、屋敷も財産も全て奪われてしまった。絶望したその子爵は家族を道連れに一家心中したとか……。まさかその子爵の怨念が……」

まさかも何も絶対にその怨念だよ！　ってことはなにか？　その騙された伯爵への怨みからリビングアーマーが生まれたってのか!?

リビングアーマーはその怨念を元に生まれるものだが、その本人そのものではない。この世に残った思念の残滓のようなものだ。僕らを襲うのは筋違いなんだけど、そんなことは残滓に過ぎないものには関係ないんだろうなあ。

待てよ？　一家心中だとしたら、それだけの数の怨念があるということ……。

嫌な予感に蔵の方に視線を向けると、ガッチャガッチャと同じような鎧騎士が納屋からこちらへ這い出してきているところだった。やっぱりー！

「なんでこんな面倒なことに……。その騙した伯爵とやらを差し出したら止まってくれんかな……」

「そりゃあ無理だよ、兄ちゃん。その子爵を騙した伯爵とやらはこないだ処刑されたからね。国家反逆罪とかなんとかで」

あのバルサ伯爵かよ！　死んでも迷惑なやつだな！　そう考えると騙された子爵に同情してしまうが……。

次々と納屋の中から出てくるリビングアーマー。

コレどうする……？　【シャイニングジャベリン】じゃ周りに被害を広める可能性があるしなあ。

むむむ。……あ、そうか、【エンチャント】で光属性の魔法を付与すればいいんだ。回復魔法でいいのかな？

「【エンチャント／キュアヒール】」

刀に回復魔法を付与する。錆びた槍を繰り出してきたリビングアーマーの攻撃を躱し、その腕を刀で一刀両断にする。

まるで温めたナイフでバターを切るように、すんなりとリビングアーマーの腕が切り落とされた。よし！　効いてる！

あれ？　でもこれなら【キュアヒール】を直接かけてもいいんじゃ？　いや、でも呪文詠唱があるし、近距離じゃないと効果がないなら剣で斬った方が早いか。

まあいいや、こうなったらやってやろうじゃないか。

ぞろぞろと出てきたリビングアーマーを眺めながら、僕は刀を構え直した。

「なんだやつれた顔して？　ははぁん、冬夜さんもやっぱり男だったってことか。で、どうだったよ？　スッキリしたかい？」

なんか勘違いしているシモンさんに言い返す気力もなく、揺れる馬車の中で僕はぐったりとしていた。

リビングアーマーをなんとか全部倒したが、納屋の壁を壊したのはまずかった。リビングアーマーを倒したのと差し引きゼロということで咎められはしなかったが、もっとやりようがあったかもしれない。

しかしあれだな、今回のことでわかったが、【エンチャント】をうまく使えばいろいろと便利なモノを作れそうだな。

【エンチャント】は一時的に付与することも、恒久的に付与することもできるらしいが、それを使えばそこらの棒に【ライト】を【エンチャント】して蛍光灯みたいに使えたりしないだろうか。

あ、でもずっとつきっぱなしはうっとうしいか。それに【エンチャント】された魔法を起動するのだって魔力がいるし。

今回、刀に【キュアヒール】を付与したから、いつでも魔力を流せば対アンデッド武器になるはずだ。こういった身近なものに付与しとくのは無駄じゃないと思う。

あれ？　スマホとかに【エンチャント】ってできるのかな……。

「着いたぞー。ドランさん、冬夜さん、『銀月』だ」

御者台のバラルさんの声に思考を中断させられる。のそのそと馬車から這い出すと、僕らは積んであった「銀月」の荷物を下ろし始めた。食料品や日用品、酒樽などだ。

「おかえりなさい。安く買えた？」

「おう。あ、いや、そんなに安くはなかった、かな。まあ、これだけあればしばらくは持つだろ」

「そうなの？　王都も不景気なのかな？」

ミカさんが僕らを出迎える。馬車に乗ったバラルさんたちを見送り、とりあえず店の中へと買った物を運んだ。

はあ、疲れた……。いろいろな意味で。

「それにしてもずいぶんとかかったのね？　転移魔法ってあっという間に行けちゃうんじゃなかった？」

「んあ？　あ～、なんだ、ちょっ、ちょっと品物が見つからなくてな……」

「ふぅーん……」

しどろもどろになるドランさんにミカさんがジト目の視線を送る。

娘からのトゲトゲしい視線に耐えられなくなったのか、ドランさんは酒樽を担いで裏庭の倉庫の方へと出ていってしまった。思いっきり怪しまれてるじゃん……。

「で、冬夜さん。冬夜さんはどんな女の子と遊んできたの？」

「いや、僕は遊んでないですよ！　誘われはしたけど、ちゃんとことわ……」

はっ!?

慌てて口を塞ぐが、時すでに遅し。ミカさんがニヤリと人の悪い笑みを浮かべる。やられた！

「やっぱり。そんなことじゃないかと思ってたけどねー。ま、父さんもずっと男やもめだし、そこをぎゃあぎゃあいう気は無いんだけどさあ」

おお……。理解ある娘さんで助かってるなドランさんは。

「ただ、仕入れの金額を誤魔化したお金で行くのは無いわー。人がどれだけ切り詰めてるかわかってんの？　てなわけで、ちょおっとお話してくるわねー」

ミカさんは実にいい笑顔でドランさんのいる裏庭へと歩いていった。なぜか手にはぶっとい擂り粉木を持って。

その後、裏庭からはなんとも言えぬ情けない声が聞こえてきたが、僕にはどうすることもできない。自業自得、悪因悪果、身から出た錆。ドランさんにゃ悪いが僕は先に休ませてもらう。

ふと、カウンターの上にあったドランさんの鞄から何やらチラシのようなものが飛び出しているのが見えた。手に取ってみると、それは王都の娼館の宣伝チラシで、オススメの女の子の性格や身体的特徴などが記載されている。描かれた裸のイラストがまたやけにリアルで扇情的だ。

なにやってんだあのおっさん……。こんなもん持ってたらどうせすぐバレたろうに……。

「冬夜さん、お帰りになられたんですか？」

「ん？　ああ、ユミナたちか。ついさっき帰ってきたとこで……」

はっ、と僕は手にしていたチラシを背後に隠した。隠してから今の行動は不自然過ぎると思ったが、後の祭り。だいたい隠す必要もないだろ！　僕のじゃないんだし！　でも今これを見つかったら間違いなく誤解される！

「……なにやってんの、冬夜？」

「イエ、ナニモ？」

「すごい汗でござるが」

「ツカレタ、カラ」

「なんで、そんなにカタコト、なんです？」

「キノセイデスヨ」

エルゼ、八重、リンゼの質問を躱しつつ、ジリジリと後ろ向きに下がっていく。四人とも訝しげな目でこちらを見ているが、今は気にしてられない。

そのまま、自分の部屋へと続く階段を上り始める。

「……なんで後ろ向きに階段を上るんでござるか？」

「こっ、この方が楽に上れるんだ！　ジャ、じゃあ、僕はもう寝るから！　おやすみっ！」

「あっ、ちょっと冬夜⁉」

階段を一気に駆け上がる。後ろ向きで。エビかなにかか僕は。

「……変なヤツよね」

「……変な人、です」

「……変な御仁でござるなあ」

「確かに変ですけど、素敵な方ですよ？」

階下からなにやら四人の声が聞こえてきたが、よく聞こえなかった。鍵を開けて部屋の中へ入ると、琥珀がまだベッドの上で丸くなって眠っていた。

僕も倒れ込むようにそこに横になる。琥珀が起きて立ち上がろうとしたが、頭を撫でてそれを制した。

はあ、余計なエネルギー使ったわあ……。

もうなにもやる気になれない。僕は速やかに眠りの中へと引き摺り込まれていった。


翌朝、なかなか起きてこない僕を起こしに来たみんなが、床の上に落ちていた例のチラシを発見し、結局小一時間ほど問い詰められた。もうあのおっさんたちと男だけで王都には絶対に行くまいと心に決めた。

あとがき

初めまして、冬原（ふゆはら）パトラと申します。

あまりこうして人目？　のあるところで語るのは慣れてませんので、文章ながらに緊張してしまっていまふ。おっと噛んだ。

ええっと、この作品は「小説家になろう」で二〇一三年の四月から発表したものに、加筆・修正したものであります。

まったくの趣味で書いていた作品が、このたび読者の皆さんのおかげでこうして書籍化することに相成りました。本当にありがとうございます。

今だに出版が無かったことにならないか心配ですが、読者の皆様がたった今、このあとがきを読んで下さっているとすれば、無事刊行されたのだと思います。……思いたい。

「異世界はスマートフォンとともに。」（長いんで「イセスマ。」とでも）は、いろんなものをごちゃ混ぜにした鍋のような世界に、冬夜君という素材を投入したものです。そこに味付けしたり、灰汁を取ったり、味見をしてもらっては美味いと言われ、不味いと言われる、例えれば闇鍋のような……って、それもどうなのか。

　そのような闇鍋を食卓に出すとはホビージャパンもチャレンジャーだな……と思わないでもないですが、もう作ってしまったものは仕方がありません。あとは読んでくれた方のお口に合うことを祈るだけです。いかがでしたでしょうか？

　この闇鍋の中にこれからもっと様々な素材を投入していくわけです。具体的に言うと隠密メイドとか、ゴスロリ少女とか。お口に合いましたら、これからもどうかイセスマ。をよろしくお願い致します。


　書籍化にあたり、ウェブで公開したものに細かい設定を追加したり、削除したりしています。しかし、ストーリーを変えたり、新しいメインキャラを出したり、存在してたキャラを消したりはしてませんので、ウェブで読んだことのある方も安心して読んで下さればと思います。

そういえば作品名と同じく、この作品は実は全てスマートフォンで書いておりまして、PC（パソコン）などは一切使っておりません（バックアップをとるときくらいですかね）。「冬原パトラはスマートフォンとともに。」を地でいっております。

自分的にはキーボードで書くよりもこちらの方が早く書けたりするので、重宝しております。変換誤字が多いので、チェックするのに時間がかかったりはしますけど。

間違えて水没とかしたり、落としたらどうしようとかの不安はありますが、今のところまだ大丈夫です。そろそろ新しい機種に変えたいなあ、と思う今日この頃。長時間使うんでバッテリーがねぇ……。

しかしあまりにも長時間スマホで文章を打っていると、手首から先が痛くなってきて、左手で打つ羽目になります。実際、今打ってます。わかんないか。

あと、あれですね、スマートフォンで小説を書いていると、傍目からはゴロゴロとしながらアプリゲームをしているようにしか見えないってのが難点ですな。

やっぱり机に座り、コーヒーでも飲みながらノートパソコンにカタカタ打って書いた方がカッコイイような気もします。まあ、似合わないでしょうけど。

一巻ではあまり活躍しなかった冬夜君のスマートフォンも、次巻では（それなりに）パワーアップしますので、ご安心を。

最後に謝辞を。挿絵を描いていただいた兎塚エイジ様。素敵な絵をありがとうございました。これからもよろしくお願い致します。

声をかけていただいた担当のK様、ホビージャパン編集部の皆様、本書の出版に関わった皆様方に深く感謝を。

そしていつも「小説家になろう」の方で読んで下さる読者の方々、並びに今、この本を手に取って下さり、ここまで読んで下さった全ての方々に感謝の念を。

冬原パトラ

フォンとともに。2

2015年8月発売予定!

その能力と人柄を認められ、今度は獣王国ミスミドへの
特使として抜擢された彼だが、
相も変わらず人助けをしたりモノ作りをしたりと、
のほほんとミスミドへと旅をするのであった。
異世界はスマート
冬原パトラ
illustration■兎塚エイジ

ルウ家との騒動もひと段落つき
平穏を取り戻したファ家。
備蓄していた食材を補充するため、
二人は連れ立って宿場町へと降りることに。

異世界で初めての"町"にテンションが上がるアスタ。
そこで彼は、森辺の民やアスタの運命を、
大きく左右する人物と出会うことになる――。
Author
EDA
Illust.
こちも
異世界料理道
VOLUME
3
Cooking with wild game.
2015年6月発売予定!

HJ NOVELS
HJN07-01

異世界はスマートフォンとともに。

2015年5月22日 初版発行
2017年8月2日 3刷発行

著者――冬原パトラ

発行者―松下大介
発行所―株式会社ホビージャパン
〒151-0053
東京都渋谷区代々木2-15-8
電話 03(5304)7604（編集）
03(5304)9112（営業）

印刷所――大日本印刷株式会社

装丁――木村デザイン・ラボ／株式会社エストール

乱丁・落丁（本のページの順序の間違いや抜け落ち）は購入された店舗名を明記して当社パブリッシングサービス課までお送りください。送料は当社負担でお取り替えいたします。但し、古書店で購入したものについてはお取り替えできません。
禁無断転載・複製

定価はカバーに明記してあります。

©Patora Fuyuhara

Printed in Japan

ISBN978-4-7986-1018-4 C0076

ファンレター、作品のご感想お待ちしております

〒151－0053 東京都渋谷区代々木2－15－8
(株)ホビージャパン HJノベルス編集部 気付
冬原パトラ 先生／兎塚エイジ 先生

アンケートは Web上にて 受け付けております (PC／スマホ)

https://questant.jp/q/hjnovels

- 一部対応していない端末があります。
- サイトへのアクセスにかかる通信費はご負担ください。
- 中学生以下の方は、保護者の了承を得てからご回答ください。
- ご回答頂けた方の中から抽選で毎月10名様に、HJ文庫オリジナル図書カードをお贈りいたします。